D1099664

Nous remercions le ministère du Patrimoine canadien,
la SODEC et le Conseil des Arts du Canada
de l'aide accordée à notre programme de publication

Patrimoine   Canadian
canadien   Heritage

Conseil des Arts   Canada Council
du Canada   for the Arts

ainsi que le gouvernement du Québec
– Programme de crédit d'impôt
pour l'édition de livres
– Gestion SODEC.

Nous reconnaissons l'aide financière
du gouvernement du Canada
par l'entremise du Programme d'aide au développement
de l'industrie de l'édition (PADIÉ) pour ce projet.

Illustration de la couverture
et illustrations intérieures :
Nicole Chartrand

Montage de la couverture :
Conception Grafikar

Édition électronique :
Infographie DN

Dépôt légal : 1er trimestre 2008
Bibliothèque nationale du Canada
Bibliothèque nationale du Québec

1234567890 IML 098

La poudre du diable

• Série *Éolia* *princesse de lumière* •

Celle qui voyage dans ses rêves
et résout les enquêtes les plus difficiles

COLLECTION
PAPILLON

DU MÊME AUTEUR
AUX ÉDITIONS PIERRE TISSEYRE

Collection Chacal • Série Storine, l'orpheline des étoiles

1. *Le lion blanc* (2002).
2. *Les marécages de l'âme* (2003).
3. *Le maître des frayeurs* (2004).
4. *Les naufragés d'Illophène* (2004).
5. *La planète du savoir* (2005).
6. *Le triangle d'Ébraïs* (2005).
7. *Le secret des prophètes* (2006).
8. *Le procès des dieux* (2006).
9. *Le fléau de Vinor* (2007).

Collection Papillon • Série Éolia, princesse de lumière

1. *Le garçon qui n'existait plus* (2006).
2. *La forêt invisible* (2006).
3. *Le prince de la musique* (2006).
4. *Panique au Salon du livre* (2006).
5. *Les voleurs d'eau* (2007).
6. *La tour enchantée* (2007).
7. *Matin noir dans les passages secrets* (2007).

Catalogage avant publication
de Bibliothèque et Archives Canada

D'Anterny, Fredrick 1967-

    La poudre du diable

    (Éolia, princesse de lumière ; 8)
    (Collection Papillon ; 147)
    Pour les jeunes de 9 à 12 ans.

    ISBN 978-2-89633-088-1

    I. Chartrand, Nicole. II. Titre. III. Collection : D'Anterny,
Fredrick, 1967- . Série Éolia, princesse de lumière ; 8.
IV. Collection : Collection Papillon (Éditions Pierre
Tisseyre) ; 147.

PS8557.A576P68 2008   jC843'.54   C2008-940143-3
PS9557.A576P68 2008

La poudre
du diable

roman

Fredrick D'Anterny

ÉDITIONS
PIERRE TISSEYRE
www.tisseyre.ca

9300, boul. Henri-Bourassa Ouest, bureau 220
Saint-Laurent (Québec) H4S 1L5
Téléphone : 514-335-0777 – Télécopieur : 514-335-6723
Courriel : info@edtisseyre.ca

Fiche d'identité

* Je m'appelle Éolia de Massoret, et je suis princesse de Nénucie.
* J'ai dix ans.
* On dit de moi que je suis intelligente, enjouée, maligne, sensible, têtue, secrète.

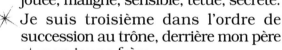

* Je suis troisième dans l'ordre de succession au trône, derrière mon père et mon jeune frère.
* J'habite au palais royal de Massora : 1, boulevard de Nénucie, 01 100, Massora, royaume de Nénucie, Europe.
* On prétend aussi que je suis bizarre parce que je fais des rêves qui me révèlent des injustices commises dans le royaume.
* En plus d'aller à l'école et de tenir mon rang de princesse, je dois enquêter et résoudre plein de mystères dans le plus grand secret, bien sûr, car les journalistes sont à l'affût du moindre scandale.
* Ma technique est simple : je trouve des indices dans mes rêves grâce à mes sept poupées magiques, puis je pars enquêter avec mon ami le colonel de la garde.

1

Le pilleur de rêves

*Royaume de Nénucie, Massora,
mercredi soir.*

Éolia était si absorbée par ce qu'elle
lisait sur l'écran de son ordinateur
portable, qu'elle cria de surprise en
découvrant son vieux majordome penché
sur son épaule.

— Ne vous dérangez pas, Altesse, murmura le domestique en rajustant le monocle en écailles de tortue qu'il portait sur l'œil gauche.

Monsieur Monocle, tel que l'avait affectueusement surnommé la fillette, ressemblait à un bonhomme de neige vêtu d'un costume sombre. Il déposa une tasse de tisane fumante sur la table de chevet. Il déplia ensuite la copie du *Nénucie-Matin* qu'il tenait sous son aisselle, et la plaça sur la courtepointe.

«Tu ne dors pas toujours chez toi et tes parents ne sont même pas au courant! Comment fais-tu?» écrivait Éolia à son interlocuteur anonyme.

La fillette sourit distraitement à son majordome, appuya sur la touche «envoi» et guetta la réponse de son correspondant.

Monsieur Monocle était inquiet pour la princesse, car il était convaincu que les ordinateurs avaient sur elle une très mauvaise influence. La preuve : d'ordinaire, Éolia s'empressait de feuilleter les pages du journal, de lire les gros titres et de lui poser quelques questions sur ce qui se passait dans le pays. Mais ce soir, le vieil homme ne pouvait que constater la nervosité de la fillette. Cela avait-il quelque chose à voir avec ce qu'elle trafiquait sur Internet?

La lune, pleine et blanche, se levait entre les arbres du parc. Sa lumière laiteuse se mélangeait à celle du lustre qui pendait au plafond de la chambre. Monsieur Monocle observait tour à tour Éolia qui pianotait sur son clavier, et les angelots peints au-dessus de sa tête. Les petits personnages joufflus étaient-ils aussi curieux que lui de savoir ce que fabriquait la princesse, si tard le soir?

Voyant qu'Éolia n'était pas d'humeur bavarde, le majordome s'apprêta à s'engouffrer dans le passage secret par lequel il était venu. Mais la fillette daigna enfin se préoccuper de lui.

— La lune est ronde, ce soir, Monsieur Monocle, commença-t-elle sans pour autant lever le nez de son écran. Pensez-vous qu'elle viendra me voir, cette nuit?

C'était une vieille discussion, entre eux. Le majordome avait une passion durant ses heures de loisir. Il étudiait l'onirosophie, qui traite des rêves et de leurs symboles. Un de ses sujets préférés étant l'influence de la lune sur l'esprit des rêveurs, il pouvait sans aucun doute répondre à cette question.

Monsieur Monocle se rappela une des histoires qu'il racontait jadis à la princesse lorsqu'elle était triste ou anxieuse. Il avait intitulé cette légende *Les visites secrètes de la lune aux enfants qui pleurent.*

Il fit mine de contempler l'éclat argenté et serein de l'astre de la nuit, puis avoua que la chose était possible.

— Un enfant va certainement recevoir le voile de lumière que tisse la lune pour protéger ceux qui ont des chagrins ou des tourments, assura-t-il.

À cette heure du soir, le palais royal craquait et grinçait. Ses vieux planchers discutaient avec les tuiles du toit. Les marches d'escalier répondaient aux meubles d'époque. Caressés par des fantômes, les grands lustres de la salle du trône se mettaient à osciller.

— Il se fait tard, Altesse, poursuivit Monsieur Monocle en tentant de lire sur l'écran les derniers mots qu'Éolia venait de taper.

La fillette appuya de nouveau sur la touche «envoi» et les phrases disparurent.

Fronçant son œil déformé par la lentille du monocle, le majordome se demanda si la princesse était consciente des risques qu'elle prenait en clavardant si tard – et avec qui? – sur Internet.

Soudain, un bruit parvint de l'antichambre voisine. Éolia et le vieil homme identifièrent le grincement caractéristique de la porte du salon de la princesse.

— Madame Étiquette! murmura la fillette.

Aussi leste qu'un chevreuil, Monsieur Monocle se rua vers le panneau entrouvert du passage secret, et s'éclipsa dans l'alcôve juste avant que la gouvernante royale n'entre dans la chambre.

— Eh bien, Altesse, gronda celle-ci, il est tard et vous n'êtes toujours pas couchée!

Éolia avait déjà refermé son portable et caché l'appareil sous sa courtepointe. La visite de la comtesse De La Férinière faisait partie du cérémonial du palais. Chaque soir à vingt et une heures, elle entrait dans la chambre de la princesse pour lui souhaiter bonne nuit. Elle en profitait bien sûr pour tout inspecter, tout espionner.

Vêtue de son éternelle robe noire à collerette blanche qui la faisait ressembler à une marguerite fanée, Madame Étiquette reniflait à gauche puis à droite, à la manière d'un chien policier. Éolia remarqua le dossier noir qu'elle tenait ostensiblement dans sa main gauche comme s'il s'agissait d'un trésor.

Comme d'habitude, le regard globuleux de la gouvernante se posa sur la tasse fumante. D'instinct, elle chercha si une tierce personne ne se trouvait pas dans les appartements de la princesse. Qui pouvait bien lui rendre visite sans que la comtesse puisse, ainsi que le stipulait le protocole, l'autoriser ? De plus, Sophie, la mère d'Éolia, jugeait que la lecture de journaux n'était pas une saine occupation pour une jeune princesse. Madame Étiquette ouvrit la bouche pour s'informer, mais elle la referma aussitôt. Cette chipie d'Éolia refuserait sûrement de lui dire qui lui apportait chaque soir en cachette de la tisane et le *Nénucie-Matin* !

Offusquée, la gouvernante royale ferma les rideaux des trois hautes fenêtres de la chambre. Un instant, elle s'arrêta devant la cheminée en coin et frissonna. Avait-elle peur que l'âtre ne se mette à luire et que des farfadets hideux ne l'attrapent par une jambe ?

Éolia faillit rire des manies et des peurs ridicules de sa gouvernante. Mais elle était bien trop impatiente de lire la réponse de son interlocuteur. Subissant la visite de Madame Étiquette jusqu'au bout, elle ne fut rassurée que lorsque celle-ci lui souhaita bonne nuit.

Alors que la comtesse s'apprêtait à passer la porte, elle se retourna, et, se frappant le front d'une main, annonça :

— J'allais oublier, Altesse !

Éolia retint son souffle. La vieille dame lui tendit son dossier, et ajouta :

— Voici votre plan d'activité pour la journée de vendredi. Vous vous souvenez sûrement qu'il s'agit d'un congé pédagogique durant lequel vous aurez quelques obligations officielles, n'est-ce pas ? Révisez-le demain matin avant le petit déjeuner, nous le reverrons ensemble demain soir.

Quand la gouvernante fut enfin sortie des appartements, la fillette lança sur sa table de nuit la chemise en carton noir, se leva d'un bond et tira tous ses rideaux.

J'aime dormir en sachant que la lumière de la lune éclaire ma chambre...

Elle rouvrit son ordinateur portable. Le garçon avec lequel elle clavardait secrètement depuis quelques jours signait ses messages d'un mystérieux pseudonyme. Mais Éolia n'avait-elle pas le sien ?

« Tu en as de la chance, écrivit-elle au dénommé 5b. Moi, je suis un peu comme une prisonnière. On vient s'assurer chaque soir que je ne pourrais pas m'échapper. Mais je m'en moque. La lune peut venir me voir, cette nuit, et m'emporter. »

Et elle signa « Poudredor ».

Avant de se coucher pour de bon, la fillette fit glisser le tiroir dissimulé sous son sommier et en sortit Gressel, sa poupée magique du mercredi soir. Puis elle l'assit sur une chaise au pied de son lit.

— Gressel, je compte sur toi pour me ramener au pays des rêves.

En songeant à 5b, la jeune princesse se demandait si Monsieur X, le chef des services secrets du roi, approuverait sa correspondance anonyme.

Non, se dit-elle, *il penserait sûrement qu'il est dangereux de clavarder avec des inconnus.*

Éolia éteignit la lumière. Un sourire éclairait son visage. 5b n'était pas un inconnu pour elle.

Enfin, pas vraiment...

Installée sur le dos d'une jument grise qui trottait doucement, Éolia se rendit compte qu'elle rêvait.

— Tu te réveilles enfin! s'exclama Gressel, assise en amazone devant la princesse.

Cette expression fit rire Éolia, car d'ordinaire elle considérait qu'elle se «réveillait» quand elle sortait d'un de ses rêves! Mais Gressel, qui vivait la nuit dans le Monde Magique des Rêves, devait fatalement voir les choses à l'envers...

— Où sommes-nous? s'enquit la fillette.

— Près du pays de la poudre, lui répondit un jeune homme vêtu d'une armure de chevalier.

Monté sur un étalon blanc tout harnaché, il se tourna vers la princesse et la salua de sa main gantée.

À cet instant, les deux rêves précédents d'Éolia lui revinrent à la mémoire et un fait s'imposa de lui-même : elle reprenait son rêve au moment où elle en était sortie deux nuits auparavant.

Nous nous sommes rencontrés dans une auberge, se rappela-t-elle.

Melchisor, le chevalier, nous a délivrées, Paloma et moi, des brigands qui voulaient nous voler. Et son écuyer...

Monté quant à lui sur un âne braillard aux oreilles pendantes, l'écuyer en question, un grand rouquin au sourire éclatant, la salua à son tour. En constatant que les pieds du garçon traînaient au sol, Éolia pouffa de rire.

Reprenant ses esprits, la princesse poursuivit la récapitulation de ses derniers rêves.

Paloma prétendait que l'Ambassadeur nous chargeait de rapporter un peu de poudre d'or. Nous avons rencontré les deux garçons qui assuraient être, eux aussi, à la recherche de cette poudre...

Pour quelle raison l'ange gardien de la Nénucie avait-il besoin qu'Éolia aille chercher une poudre qui ruisselait naturellement de ses bras lorsqu'elle rêvait?

À moins, songea-t-elle brusquement, *qu'il s'agisse d'une poudre toute différente...*

— Comment allons-nous retrouver la poudre?

Mais la poupée suisse, qui n'avait pas plus d'imagination qu'une boîte de conserve, haussa ses ravissantes épaules.

— Comment veux-tu que je le sache? Je suppose que c'est pour nous aider que Melchisor possède une carte.

La carte! se répéta Éolia en pensant que la répartie de Gressel était loin d'être bête.

Si elle se fiait à ses derniers rêves, Éolia et ses compagnons déambulaient le long d'une côte en pente douce semée d'herbe. Une immense étendue d'eau scintillait doucement en contrebas, tandis que le ciel était strié de longs nuages blancs.

Voyant que la fillette trépignait de curiosité, Gressel consentit à lui en dire davantage.

— Nous faisons route vers le pays de la poudre afin d'en subtiliser la formule à celui que les gens appellent ici le pilleur de rêves.

Éolia fut tout étonnée.

— Tu veux dire que l'Ambassadeur nous charge de voler cette formule!

L'idée ne semblait pas beaucoup plaire à Gressel.

Vêtues de robes en coton sombre nouées à la taille par des cordons de chanvre, la princesse et sa poupée magique ressemblaient à de véritables paysannes. En lui coulant un coup d'œil de biais, Éolia comprit que cette tenue faisait horreur à Gressel, qui était plutôt habituée à porter de somptueuses robes de bal. Mais si ses souvenirs étaient exacts, Maïko et Paloma avaient été, elles aussi, affublées de la sorte!

C'est fantastique, songea la fillette, *ce rêve est le troisième que je fais ici, et on dirait un film que je regarderais en trois parties.*

Il existait forcément un rapport entre ces rêves, la formule de la poudre dont ils devaient s'emparer, et l'écuyer qui portait le même nom – 5b – que le garçon avec lequel elle clavardait, le soir...

On s'écrit depuis samedi. Le même soir que mon premier rêve ici...

— Halte! ordonna soudain Melchisor.

Le chevalier mit pied à terre avec adresse, roula un peu des épaules pour équilibrer le poids de son armure, et s'agenouilla au sol. Il déganta sa main gauche, ramassa un peu de sable. D'un geste élégant, il enleva son casque de chevalier et porta ses doigts à son nez.

— 5b, mon copain, se réjouit-il, nous sommes sur la bonne voie!

L'écuyer, qui devait avoir treize ou quatorze ans, essuya la sueur qui dégoulinait de son front et sourit de toutes ses dents.

Melchisor secoua sa splendide chevelure blonde. Ses traits fins et aristocratiques avaient tout de suite plu à la jeune princesse. Les lèvres du garçon étaient pleines, ses dents éclatantes et son front droit. Malgré ses airs de seigneur, ses pupilles brillaient d'une lueur douce et inno-cente qu'Éolia trouvait attendrissante.

— Damoiselles, annonça Melchisor en s'inclinant avec déférence, il va falloir redoubler de prudence. Le pilleur de rêves sait peut-être que nous arrivons. Il tient à sa poudre comme à la prunelle de ses yeux...

Ce disant, il tâta le fourreau de son épée.

Son écuyer secoua joyeusement la lance et l'écu du jeune chevalier. Anxieuse, Éolia s'enquit:

— Melchisor, vas-tu devoir te battre contre ce pilleur de rêves?

Le chevalier remonta en selle et éperonna sa monture.

— L'honneur le commande, Ma Dame! répondit le jeune blond.

Je suis vraiment tombée en plein Moyen Âge! s'étonna Éolia, ravie, car elle aimait beaucoup cette période de l'histoire.

Les voyageurs reprirent leur route entre de hautes roches qui ressemblaient à des pans de mur éventrés. Gressel, qui était d'humeur soupçonneuse, chuchota que le sable que Melchisor avait respiré était peut-être composé de cette poudre dont ils cherchaient la formule.

— As-tu vu son expression après qu'il ait avalé une pincée de cette poudre? demanda Gressel.

Éolia était perplexe.

— L'a-t-il «avalée» ou simplement respirée?

— Je ne suis pas certaine, mais je trouve ça louche.

La fillette rit de bon cœur. Gressel trouvait beaucoup de choses louches ou anormales. C'était même une de ses vilaines manies !

Tout à coup, le paysage devint sombre et inquiétant. Des montagnes se dressèrent à l'horizon. Des morceaux de roches éparses ressemblaient de plus en plus à des maisons sans toiture. Un hameau désert apparut. Avait-il été incendié par une guerre ou bien simplement défiguré par le passage du temps ? En s'approchant d'un des murs dressés, Éolia fut surprise de le découvrir barbouillé de graffitis.

— Vous avez vu ça ! s'exclama-t-elle devant les symboles de couleurs grossièrement peints.

— Silence ! leur intima Melchisor en rentrant la tête dans ses épaules. Les guerriers du pilleur de rêves ne sont peut-être pas loin...

5b posa une main sur ses lèvres pâles.

Gressel enfouit ses joues dans la robe de la fillette.

— On dirait qu'un géant invisible a éteint la lumière, marmonna-t-elle. Je n'aime pas ça, Lia !

Mais la jeune princesse était bien trop curieuse de savoir où la conduirait ce rêve pour avoir vraiment peur.

— Là ! s'écria Gressel, effrayée, en montrant le sol avec son doigt.

Melchisor dégaina sa longue épée et piqua l'objet désigné par la poupée magique.

— Une canette de boisson gazeuse ! s'étonna la princesse.

Elle se pencha et scruta la terre semée de cailloux. Gressel en fit autant et énuméra les objets qui s'y trouvaient : restes de sandwichs, vêtements sales, couvertures roulées en boule...

— On dirait que des gens vivent ici, en conclut Éolia.

— Ce sont des âmes malades, les serviteurs du pilleur de rêves, expliqua 5b.

Melchisor rappela la petite troupe à l'ordre en grommelant que la carte indiquait un passage entre les montagnes.

— Hâtons-nous avant la tombée de la nuit.

— Oh! fit soudain Gressel en montrant cette fois le sommet escarpé d'un des murs.

— Un homme?

Une silhouette noire se découpait effectivement au sommet de la paroi. L'inconnu qui les espionnait, drapé dans une cape, prit son élan et sauta d'un mur à un autre. S'accrochant à une poutre, il rétablit son équilibre et se pencha vers eux. De la poudre tomba sur leurs épaules. Melchisor en récolta dans sa main dégantée.

— Goûte ça, 5b!

Son écuyer en prit un peu sous sa langue.

— C'est elle!

— La poudre dorée des rêves? s'enquit Éolia.

L'ingénuité de cette question mit les deux garçons mal à l'aise.

Le chevalier ricana et se racla la gorge:

— La poudre qui nous intéresse, précisa-t-il.

La fillette fronça les sourcils.

— Celle qui intéresse aussi l'Ambassadeur de lumière?

— Bien entendu, assura Melchisor avec panache.

L'homme tendit les bras au ciel. Les jeunes rêveurs virent se déployer sa cape noire, et aperçurent le masque de daim mauve à cornes qu'il arborait fièrement.

— C'est lui! C'est le pilleur de rêves! s'exclama 5b.

Melchisor pointa son épée sur l'homme masqué.

— Parfait. Capturons-le!

Mais, à cet instant, les murs autour d'eux se mirent à trembler violemment sur leur base.

— Un tremblement de terre! s'écria Éolia.

L'inconnu invoquait d'une voix rauque une sorte de formule magique. Aussitôt, les cornes cousues de chaque côté de son masque doublèrent de volume.

— Cet homme est un diable! s'effraya Gressel.

Des débris de plâtre et de mortier tombèrent.

— Abritez-vous! ordonna Melchisor.

Éolia reçut de la poussière de gravats sur la tête.

— Mes yeux! hurla-t-elle en portant les mains à sa figure.

Une fois réveillée, son premier réflexe fut de se frotter l'œil gauche. L'inconfort était tel qu'Éolia crut réellement avoir reçu de fines particules de gravier sur l'iris. Elle voulut ensuite noter en détail son aventure nocturne dans son agenda de rêves. Mais chaque image était si fortement ancrée dans sa mémoire qu'elle se laissa plutôt distraire par la lumière de la pleine lune qui faisait luire les meubles de sa chambre. En levant la tête en direction de ses plafonds peuplés d'angelots rieurs, la princesse crut que l'un d'entre eux avait tourné la tête vers la fenêtre, sans doute pour mieux contempler la beauté de l'astre blanc.

Tout à coup, un son métallique qu'elle reconnut immédiatement résonna dans la pièce. Passant devant Gressel qui l'observait en ayant l'air de dire qu'elles avaient eu de la chance d'échapper aux éboulements, la fillette se rendit compte qu'elle n'avait pas éteint son ordinateur portable. Son programme de courriels était encore ouvert.

La page affichée était celle de son clavardage de la veille. L'icône représentant 5b se mit à clignoter. Attirée par une sorte de fatalité, Éolia posa son doigt sur la minuscule fenêtre tactile située sous son clavier. *Nous venons de faire un rêve ensemble, 5b et moi. Est-ce que par hasard...*

Le souffle court, elle activa l'icône. Aussitôt, des mots s'inscrivirent sur son écran.

«Salut, Poudredor. Tu es réveillée, toi aussi! Il faut qu'on se parle, qu'on se voie. C'est trop grave!»

La jeune princesse n'en revenait pas. 5b lui proposait ensuite une heure de rendez-vous ainsi qu'un lieu, en mentionnant: «J'espère que tu ne vis pas loin du palais royal!» De plus en plus enthousiaste, la fillette nota le tout sur une feuille de papier.

Les derniers mots écrits par 5b étaient les plus surprenants :

« C'est au sujet de Melchisor et du pilleur de rêves... »

Éolia rangea Gressel dans son tiroir secret. Décidée à aller au bout de ce mystère, elle s'habilla d'un jean noir brodé de perles rouges, d'un chandail muni d'un capuchon et d'une confortable paire de baskets.

Avant de disparaître dans son ascenseur dissimulé derrière le grand cadre représentant l'Ambassadeur de lumière, elle remercia son ami le clown de lui avoir envoyé cette nouvelle mission.

2

Un soldat
trop obéissant

Avant de descendre dans les sous-sols du palais, Éolia se rendit dans son refuge secret situé au-dessus de sa chambre. Rapidement, elle choisit sur sa commode une longue perruque de cheveux noirs et raides, ainsi que de faux sourcils assortis.

Le message de 5b était clair et concis. La fillette consulta sa montre : quatre heures vingt-sept. Et le rendez-vous était fixé à cinq heures précises dans un cabanon abandonné !

L'ascenseur dissimulé dans l'épaisseur du mur conduisit la princesse au troisième sous-sol, où avait été aménagé tout un entrelacs de corridors exclusivement réservés aux membres des services secrets. Éolia n'avait pas oublié de se munir du laissez-passer électronique qui débloquait les portes coupe-feu. Leurs grincements métalliques créèrent des échos dans les vastes et profonds couloirs. Éolia pénétra ensuite dans un réduit où se trouvaient des scooters à propulsion électrique.

Quelques mois auparavant, la fillette avait dû utiliser le réseau de corridors secrets. Épuisée d'avoir couru pour rentrer au palais de toute urgence, elle avait trouvé dommage de ne pouvoir profiter d'un véhicule souterrain[1]. Elle en avait parlé au colonel, qui avait jugé l'idée excellente.

---

1. Voir *Matin noir dans les passages secrets*, du même auteur, dans la même collection.

En s'installant sur le siège neuf de l'engin, Éolia réfléchit au meilleur itinéraire pour gagner le lieu du rendez-vous. Heureusement, le lac des Anges, situé à la pointe nord-est de la forêt royale, était accessible grâce aux couloirs secrets!

Y avait-il une cabane, près des sept gros saules pleureurs? Honnêtement, Éolia ne le savait pas. Il faut dire que cette partie de la forêt était encore sauvage. Seul le roi s'y rendait parfois pour ses chevauchées matinales. Lorsqu'elle se trouvait dans la forêt, Éolia éprouvait souvent un sentiment de liberté totale en arpentant les sentiers aménagés sur près de la moitié de sa superficie. Il fallait juste oublier qu'au-dessus de certains arbres, on pouvait voir le sommet des tours d'habitations et les antennes des immeubles à bureaux.

Les couloirs des passages souterrains étaient larges et hauts de plafond. Au sol était tracée une ligne jaune qui servait à définir de quel côté on devait circuler. Les parois de béton étaient peintes en vert foncé. De loin en loin, des lampes carrées jetaient un éclairage tamisé très doux. Par les bouches d'aération, Éolia pouvait respirer l'air du dehors. Tout en songeant au risque qu'elle prenait – n'avait-elle pas un rendez-vous avec un inconnu? –, elle crut reconnaître des parfums de fleurs.

Sans doute suis-je en dessous des jardins du roi...

Quelques minutes plus tard, il lui sembla entendre le clapotis régulier de quelques fontaines. Elle devait être en train de passer près de ce que les guides touristiques appelaient romantiquement «La forêt des statues».

Au-delà de ce périmètre aménagé et entretenu par une armée de jardiniers, il n'y avait plus que des bois entrecoupés de champs.

Éolia atteignit le lac des Anges à quatre heures cinquante-trois. Elle stationna son engin électrique près de l'énorme porte coupe-feu et passa sa carte dans la fente du lecteur électronique. Le voyant rouge vissé au-dessus du battant vira au vert. Un déclic retentit.

Le froid vif du matin saisit la fillette à la gorge, et lui fit regretter de ne pas avoir mis de manteau. Elle se recouvrit la tête de son capuchon, gravit l'escalier en béton et sortit à l'air libre par une espèce de porche en vieilles briques recouvertes de lierre et de ronces.

En s'écorchant les mains sur les épines, Éolia pensa que des gants n'auraient pas non plus été un luxe.

Dehors, il faisait encore nuit. Éolia s'en étonna, car de la fenêtre de sa chambre elle avait cru au contraire que le soleil ne tarderait pas à pointer le bout de son nez. Mais sans doute l'endroit était-il assombri par le feuillage des vieux arbres. La froideur de l'aube la fit frissonner. L'herbe était gorgée de rosée. Elle heurta par mégarde la branche basse d'un frêne, et des gouttes d'eau glacée dégoulinèrent sur ses doigts.

Tremblant de plus belle, la fillette considéra la borie par laquelle elle venait d'émerger des passages secrets. La tourelle mal taillée semblait avoir été posée sur le sol par un géant de légende. Ainsi recouverte de végétation, elle paraissait inutilisée depuis plus d'un siècle. Éolia trouva géniale l'idée de faire déboucher un couloir moderne dans une aussi ancienne construction. Elle se rappela ses leçons d'histoire et sourit en pensant aux bergers qui utilisaient jadis ces bories pour y ranger leurs outils et pour dormir.

Mais le temps pressait et elle devait encore découvrir la fameuse cabane près des saules, comme lui avait indiqué 5b dans son courriel. Elle se repéra en quelques secondes. Le lac se trouvait sur sa gauche, l'étang entouré de saules pleureurs était donc dans son dos. Plus loin derrière se profilaient les murs d'enceintes et, en contrebas, elle imaginait la rue royale qui longeait la forêt. Ne distinguait-elle pas, au-dessus des plus hautes branches, les toits de la basilique de Massora et ses impressionnants clochers surchargés de gargouilles sculptées dans la pierre?

La cabane! se réjouit Éolia en arrivant devant un grossier assemblage de planches et de branchages construit au milieu de plusieurs arbres dont les feuillages pendaient au-dessus de l'étang.

Cinq heures trois.

Éolia claquait des dents tant l'humidité perçait ses vêtements.

J'espère qu'il ne sera pas trop en retard!

Pour passer le temps, elle s'assit sur les planches mal dégrossies qui constituaient le sol de la cabane. S'habituant peu à peu à l'obscurité, elle fut étonnée d'y découvrir des vestiges de repas: sacs de croustilles froissés, canettes de boissons gazeuses, et même quelques bouteilles de bière! Une vieille couverture déchirée et une bande dessinée à la reliure tachée de jus de raisin. Elle repoussa du pied un mégot de cigarette. Une trace faite de poudre blanche se dessina sur les planches.

Quel est cet endroit? se demanda-t-elle en résistant à l'envie de faire demi-tour. *Et cette poudre est-elle du sable, du plâtre ou bien...* La jeune fugueuse n'était soudain plus aussi impatiente de rencontrer le mystérieux 5b. Un pseudonyme qui, de toute façon, était ridicule.

Ça ressemble à un nom de crayon à mine!

Un bruit de pas s'éleva dans les hautes herbes. Elle se crispa contre la paroi de la cabane.

C'est lui...

La fillette regrettait de ne pouvoir se cacher dans un trou de souris.

— Vous, là! s'écria une voix forte.

Le ton était sévère. Éolia mit quelques secondes avant de comprendre que l'étranger s'adressait vraiment à elle. Les jambes flageolantes, elle sortit de l'abri et fut stupéfaite de se trouver nez à nez avec un homme portant l'uniforme des gardes royaux.

Le soldat dégaina son bâton de service et la somma de lever les mains en l'air. Estomaquée, la princesse s'exécuta.

Dans quel pétrin me suis-je encore fourrée? songea-t-elle en imaginant la tête que ferait sa gouvernante.

Le soldat semblait à peine être sorti de l'adolescence. Son corps maigre flottait dans son uniforme et sa peau

encore piquetée de boutons de crois-
sance lui assombrissait les joues.
Puisque la fillette refusait de lui révéler
son identité ainsi que la raison de sa
présence dans la forêt royale, le soldat
la prit par un bras et l'interrogea :

— De quelle manière t'es-tu procuré
ce laissez-passer ?

Le jeune soldat inspecta la cabane.
Sa surprise s'accentua quand il
découvrit les mégots abandonnés sur
le plancher et la trace de poudre.

— Qui es-tu, fillette ?

N'obtenant toujours aucune
réponse, il se pencha et ramassa la
poudre à l'aide d'un pinceau. Il versa
le tout dans un sachet en plastique
aseptisé.

— Tu n'es pas bavarde, hein ?
Peut-être préfères-tu t'expliquer avec
la police ?

Éolia sentit son cœur bondir dans
sa poitrine.

Avant de regagner la borie, le garde
ajouta d'une voix volontairement
caverneuse, sans doute pour l'effrayer
davantage, qu'il l'emmenait voir son
supérieur.

Je préfère ça! se réjouit Éolia qui s'imaginait mal en train de s'expliquer devant un officier de la police municipale.

Durant le trajet du retour au palais, la jeune princesse conserva obstinément son capuchon et la tête baissée. Tandis que le garde pilotait le scooter électrique, la fillette vit son émetteur-récepteur accroché à sa ceinture. Pourquoi ne s'en était-il pas servi pour communiquer avec son lieutenant?

— Je t'avertis, petite, la menaça le jeune soldat, il est interdit de se promener dans la forêt royale. Si tu ne veux rien me dire, mon supérieur, lui, saura te faire parler!

Éolia, qui n'écoutait que d'une seule oreille, réfléchissait à une raison pouvant expliquer l'absence de 5b au rendez-vous. Elle conclut que le garçon avait peut-être été lui aussi intercepté par une patrouille de surveillance.

Lorsqu'ils arrivèrent au rez-de-chaussée du palais, dans l'aile ouest où se trouvaient les bureaux de la sécurité, le lieutenant Bovoit s'exclama:

— Mais que faites-vous avec cette enfant?

Le soldat le lui expliqua, mais Bovoit avait reconnu la princesse. Il s'approcha d'Éolia, esquissa le salut militaire et, à la grande stupéfaction du garde, ajouta, mal à l'aise:

— Votre Altesse, veuillez excuser cette jeune recrue qui n'est pas encore au courant... de vos habitudes.

Éolia aimait bien le lieutenant, un homme intelligent, discret, fidèle et digne de confiance.

— Le colonel vous attend dans son bureau, Altesse, ajouta Bovoit.

Le soldat ressemblait à un poisson sorti de son bocal. Éolia ôta son capuchon, sa perruque, ses faux cils, et lui offrit un gentil sourire pour atténuer sa surprise et son amertume. Et pourtant, les derniers mots du lieutenant avaient tout lieu de l'inquiéter...

Monsieur X... m'attend? s'étonna-t-elle.

Bovoit ouvrit une porte.

— Eh bien, Altesse! commença d'emblée Xavier Morano. Il n'est pas

encore six heures et vous me jouez
déjà des tours!

Accoudé à un énorme classeur, le
colonel se lissait la moustache. Son
front bombé, son nez épais et sa
carrure imposante en faisaient un
homme avec lequel il valait mieux être
ami. Heureusement, même s'il
semblait très préoccupé, il avait l'air
détendu.

Il sortit d'un tiroir une télécom-
mande et alluma l'unité de mini-écrans
de surveillance installée sur son

bureau. En se voyant à la télévision en train de s'introduire dans les couloirs souterrains, puis se jucher sur le scooter électrique, Éolia comprit qu'elle avait été espionnée par des caméras.

— Si vous m'expliquiez, Altesse! s'enquit le colonel.

La fillette accepta le thé que lui offrait l'officier, et s'assit devant son bureau recouvert de cartes de la ville. Encore gênée par l'impression d'avoir reçu du gravier dans l'œil, elle clignait nerveusement des paupières.

— J'ai fait de nouveaux rêves, Monsieur X.

— Ça, je l'avais deviné. Mais encore?

Le colonel accordait une oreille attentive aux rêves d'Éolia. Les deux amis avaient vécu ensemble tant d'aventures étranges que le chef des services secrets ne badinait plus avec ce que le roi appelait les «pouvoirs surnaturels» de la jeune princesse.

— J'avais rendez-vous ce matin avec un garçon rencontré en rêve…

L'officier décrocha son interphone et demanda qu'on ne les dérange pas.

Il se servit un bon café fumant et prit place en face de la fillette. Derrière lui par la fenêtre, Éolia voyait les mimosas plantés dans le jardin de la reine s'éveiller aux premiers rayons du soleil.

Elle raconta tout à son éternel complice, incluant ses deux premiers rêves, vécus dans les nuits de samedi à dimanche, et de lundi à mardi.

— Maïko et moi rêvions que nous étions à cheval. Nous sommes arrivées devant une vieille auberge. L'époque de ce premier rêve ressemblait au Moyen Âge. Dans l'auberge, nous avons rencontré l'Ambassadeur de lumière.

— Votre ami l'ange gardien qui s'habille en clown?

— Oui.

Éolia entendait des bruits de pas et de conversations provenant du bureau voisin. Sans doute le colonel devait-il recevoir ses hommes pour une réunion de travail. Mais puisque l'officier semblait toujours intéressé par le récit de ses aventures nocturnes, elle poursuivit:

— L'Ambassadeur nous a prévenues qu'il se passait des choses graves dans les écoles de Nénucie. Des choses en rapport avec l'existence d'une poudre maléfique.

— C'est à ce moment qu'il vous a parlé de ce «pilleur de rêves»?

— Non. Il l'a fait dans mon deuxième rêve, avec Paloma.

— Votre poupée magique espagnole?

Éolia hocha la tête et reprit:

— L'Ambassadeur a ajouté qu'un événement important devait avoir lieu six jours plus tard, et qu'il fallait se tenir prêts.

— Un événement? Lequel?

Éolia se permit un petit rire coquin.

— Ça, je crois que c'est à nous de le découvrir, Monsieur X!

Ce fut au tour du colonel de hocher le menton.

— Et quelle est la suite de votre deuxième rêve, celui de lundi soir à mardi?

— Palo et moi étions menacées par des brigands, quand un chevalier et son écuyer nous ont aidées. Nos sauveurs nous ont ensuite révélé qu'ils étaient eux aussi à la recherche de la poudre. Plus exactement de sa formule.

— Ils se sont donc joints à vous ?

— Oui. Lors de mon rêve avec Gressel.

— Votre poupée suisse du mercredi soir ?

— Exact. Mais le plus étrange, c'est...

Elle lui avoua qu'elle clavardait avec un dénommé 5b.

— Clavarder ? s'horrifia le colonel.

— 5b est également le nom de l'écuyer dans mes rêves, Monsieur X, poursuivit Éolia sans lui répondre.

— Clavarder ? répéta le colonel en fronçant les sourcils.

Ce mot semblait vraiment le mettre hors de lui. Éolia ne voyait pas pourquoi, alors elle répéta à son tour :

— Clavarder.

Le colonel inspira profondément, mais il lui fit grâce du sermon que lui aurait, par exemple, volontiers servi son impétueuse gouvernante sur les dangers reliés au clavardage avec des inconnus.

— De plus, ajouta Éolia en ouvrant son œil gauche avec difficulté, regardez !

Elle se leva et s'approcha de l'officier. Celui-ci observa que l'œil était rouge et légèrement enflé.

— À la fin de mon rêve de cette nuit, il y a eu un effondrement et j'ai reçu du gravier sur la tête. C'est la preuve que l'Ambassadeur de lumière m'envoie une nouvelle enquête à résoudre.

Xavier Morano se crispa. Les affirmations de ce genre, dans la bouche de la jeune princesse, avaient toujours eu le don de le mettre sur les nerfs.

Voyant que l'heure avançait et que ses hommes poireautaient dans le bureau du lieutenant, Monsieur X se leva brusquement.

— Vous prétendez que ce 5b, l'écuyer de vos rêves, vous contacte par courriel et qu'il vous a donné rendez-vous, ce matin, dans la cabane située près du lac des Anges !

— Oui.

— Vous a-t-il donné la raison de ce rendez-vous ?

Éolia lui révéla que 5b voulait lui parler de Melchisor et du pilleur de rêves.

— Croyez-vous que ce qu'il aurait à vous dire concerne également cette poudre... maléfique?

La fillette approuva.

Le colonel rangea sommairement son bureau, replia quelques cartes et sortit de ce fouillis un exemplaire du *Nénucie-Matin*, qui titrait:

« Nos jeunes écoliers victimes de dangereux dealers de drogue. Que font les autorités? »

Le colonel allait commenter l'article quand une voix suraiguë se fit entendre dans le bureau d'à côté.

— J'exige de voir votre officier !

Éolia et Monsieur X comprirent en même temps.

— Votre Madame Étiquette, grommela l'officer.

La princesse consulta sa montre.

— Déjà sept heures dix ! Elle a dû venir me réveiller, a trouvé ma chambre vide et...

Xavier Morano débloqua le panneau de bois situé derrière le grand portrait en pied de Frédérik Premier. Cette ouverture donnait accès au réseau de passages secrets.

— Vous n'êtes jamais venue ici, ce matin. Personne ne vous a vu entrer ni sortir, ironisa le colonel.

Derrière la porte, la gouvernante royale menaçait le lieutenant de le dénoncer à la princesse Sophie et au roi s'il ne la laissait pas entrer immédiatement.

— Pour qui se prend-elle? pesta Monsieur X.

Éolia s'engouffra dans le passage. Au moment de refermer derrière elle, elle tendit le menton.

— Et au sujet de mes rêves?

— Je vais être très occupé, cette semaine, Altesse. Nous mettons la dernière main au système de sécurité devant protéger vos grands-parents lors du championnat annuel de golf qui doit se dérouler ce week-end. Mais je vous promets de vérifier si votre 5b s'est introduit dans la forêt royale, ce matin.

Satisfaite, Éolia courut dans les passages secrets en se demandant quelle excuse elle pourrait bien inventer pour expliquer à Madame Étiquette pourquoi elle ne se trouvait pas dans son lit!

3

Les bonbons roses

Quand vint le soir, Madame
Étiquette fit répéter à Éolia le détail de
ses engagements officiels pour la
journée du lendemain. Puis elle lui
souhaita une bonne nuit. Tendant
l'oreille, Éolia guetta le bruit des pas
de la comtesse sur les planchers cirés.

Puis, elle sortit Charlotte, sa poupée magique du jeudi soir, du tiroir dissimulé sous son matelas.

La jeune princesse installa son amie sur la chaise placée au bout de son lit, et soupira. De toute la journée, elle n'avait pas reçu la moindre nouvelle du colonel. Prenant Charlotte dans ses bras, elle fit mine de valser en sa compagnie.

— Charlotte, souffla-t-elle à la poupée anglaise, il va falloir que tu m'aides, cette nuit.

Elle s'assit devant sa coiffeuse et brossa les longs cheveux de la poupée. Décidant de changer les nœuds accrochés sur ses boucles, elle en chercha de nouveaux dans ses tiroirs, tout en se remémorant les grands événements de la journée.

D'abord, elle sourcilla en pensant à l'excuse qu'elle avait dû inventer pour désamorcer la colère et la frustration de sa vieille gouvernante.

Elle n'a pas semblé convaincue que j'étais aux toilettes quand elle est entrée dans mes appartements, ce matin, mais elle n'a fait aucune remarque.

Il y avait eu ensuite le traditionnel déjeuner familial. Le roi lisait son journal et commentait les préparatifs entrepris par la mairie de Massora qui accueillait chaque année le Championnat de golf de Nénucie. Sa grand-mère était arrivée un peu en retard, en grande forme et vêtue de son beau kimono de judo.

Sophie, la mère d'Éolia, avait failli crier de surprise en voyant la reine ainsi accoutrée. De son côté, la fillette trempait consciencieusement ses tranches de pain grillées – une de ses habitudes les plus tenaces – dans son lait au chocolat fumant.

Quand arriva le temps de monter dans la limousine blindée pour se rendre à l'école avec son petit frère, Éolia avait espéré parler au colonel. Mais c'était Allan, son garde du corps personnel, qui les avait accompagnés, ce matin.

En classe, elle n'avait pas pu se concentrer sur son travail de mathématique. Elle s'était même trompée, au tableau, dans la résolution d'une multiplication à trois chiffres. Monsieur

Lastuce, son professeur, se doutait qu'Éolia manquait de sommeil. Mais comme Madame Étiquette, il n'avait fait aucun commentaire.

De retour de ses rêveries, Éolia crut déceler une certaine irritation dans l'expression de Charlotte.

— Tu en as marre de te faire coiffer, c'est ça? s'enquit la fillette tout en réfléchissant, encore et encore, à cette mission que semblait lui avoir confié l'Ambassadeur de lumière.

Bien entendu, Charlotte ne put rien lui répondre. Mais Éolia connaissait trop son caractère têtu et colérique pour ignorer plus longtemps que le moment de se coucher était venu.

Avant de s'abandonner au sommeil, de respirer profondément par le nez et d'expirer tout aussi longuement par la bouche, Éolia se laissa imprégner par les phrases-clés de sa nouvelle mission.

Il se passe des choses graves dans les écoles de Nénucie. Dans cinq jours, un événement important va survenir et il faudra se tenir prêts. Rencontrons-nous...

Mais 5b n'est pas venu au rendez-vous. Qu'a-t-il bien pu lui arriver?

La princesse n'avait reçu aucun nouveau courriel de son correspondant anonyme, et cela aggravait encore ses inquiétudes. Elle poursuivit néanmoins son monologue intérieur.

Le chevalier Melchisor cherche la formule de la poudre maléfique que détient le pilleur de rêves.

Un instant, les pensées d'Éolia furent entièrement monopolisées par la beauté du chevalier.

Il a enlevé son heaume pour me saluer. Ses cheveux étaient blonds, son sourire éclatant, et il sentait bon...

Elle y songeait toujours lorsqu'une lumière à la fois douce et persistante filtra entre ses paupières. Elle entrouvrit les yeux et resta bouche bée. Devant elle, Charlotte s'éveillait d'un long sommeil.

— Eh bien, Lia! tu dors? s'impatienta la poupée anglaise.

Le petit être de porcelaine descendit de sa chaise, s'approcha de la princesse, la prit par la main.

— Oui, tu dors, confirma-t-elle. C'est bien. Alors, viens...

La fillette se leva. Au même moment, elle se rendit compte que la lumière ayant attiré son attention provenait de l'âtre de sa cheminée. Elle s'approcha de l'impressionnant manteau de pierre.

— Écoute, Lia! l'encouragea Charlotte en s'introduisant dans la cheminée.

Éolia pensa que sa poupée était bien téméraire pour s'aventurer dans un lieu où elle risquait de salir sa belle robe de taffetas orange. Elle pencha la tête et entendit effectivement une voix en provenance du Monde Magique des Rêves.

« Hue! » disait la voix qui semblait agacée par quelque contretemps.

— C'est Melchisor, remarqua Éolia d'un ton léger.

Gressel et Paloma avaient parlé du garçon à Charlotte. Cela n'étonna pas la princesse, car elle savait que ses poupées communiquaient entre elles.

Charlotte ajouta que Paloma lui avait précisé que le chevalier était très séduisant.

— J'ai hâte de le rencontrer!

La poupée fut soulevée par la poudre dorée qui inondait le conduit de la cheminée.

Éolia se retourna et constata que ses meubles luisaient doucement dans la pénombre. Était-ce dû à la pâle lumière argentée de la lune ? Lorsqu'elle aperçut la silhouette de Charlotte, toujours tranquillement assise sur sa chaise, la fillette se demanda comment sa poupée pouvait se trouver à deux endroits en même temps.

Mais la chose n'avait plus d'importance : elle rêvait de nouveau à son beau chevalier...

Une forte odeur d'iode monta aux narines de la princesse et la fit éternuer.

— Où sommes-nous ?

Installée avec sa poupée sur le même cheval que dans son rêve précédent, Éolia prit peu à peu conscience de son environnement.

Charlotte lui montra le chevalier du doigt.

— On dirait qu'il cherche quelque chose!

La fillette contempla la foule bruyante et de mauvaise humeur qui déambulait sur un long quai fait de vieilles planches vermoulues. L'écuyer 5b se rapprocha de leur monture.

— Ho! Marche au pas! ordonna-t-il à la jument grise. Surveillez vos bourses, demoiselles! ajouta-t-il avant de retourner devant auprès de Melchisor.

— Où sommes-nous, Charlotte?

Pour toute réponse, la poupée magique esquissa une grimace fatiguée. Éolia s'étonna de cette réaction.

— C'est toi qui m'ouvres les portes du Monde des Rêves, oui ou non?

C'était le cas, en effet! Mais les poupées magiques étaient-elles pour autant obligées de tout savoir? En se bouchant le nez tellement les gens, les murs des maisons délabrées et l'eau de mer sentaient le poisson, Charlotte expliqua qu'elles se trouvaient dans une ville portuaire.

— Ça, rétorqua Éolia, je le savais déjà!

La coiffe des femmes, le style de leurs vêtements, les hommes portant épées et chausses à pointes, tout laissait croire qu'elles étaient de nouveau projetées dans une époque ancienne. Considérant la silhouette des bateaux qui étaient amarrés, les dizaines de marchands ambulants, le va-et-vient des chiens affamés et celui des chats en vadrouille, Éolia avait l'impression qu'ils se trouvaient au Moyen Âge. En quelle année, au juste? Difficile à dire, car la période médiévale avait duré mille ans!

La fillette étudia le détail des vêtements faits de gros coton blanc ou beige taché de crasse que portaient la plupart des gens. Elle remarqua que quelques-uns d'entre eux, venus dans des litières soutenues par des serviteurs, étaient habillés de riches étoffes de couleurs vives. Jugeant que ces tenues ressemblaient à celles qu'elle avait vues, dernièrement, dans un film de chevaliers, Éolia avança la date tout hypothétique de mille trois cent cinquante après Jésus-Christ.

— Hé! regarde par ici! lança brusquement Charlotte.

Dans la foule, ils aperçurent quelques enfants hagards, vêtus pauvrement. Un détail sauta aussitôt au visage d'Éolia.

— C'est étrange, ils sont habillés en jeans et chandails modernes!

Charlotte hocha le menton.

— Nous sommes dans un rêve, Lia. Tout peut sembler bizarre.

La princesse nota leurs expressions perdues, le tremblement de leurs mains et de leurs lèvres. Recroquevillés entre les jambes des passants qui les ignoraient, ils semblaient abandonnés. 5b se glissa près d'elle.

— C'est à cause de la poudre du pilleur de rêves qu'ils sont ainsi, murmura-t-il avant de grimper sur une grosse caisse.

Au même moment, constatant que Melchisor le fusillait du regard, le rouquin se mordit la langue.

— Cherche notre galion au lieu de raconter n'importe quoi! le réprimanda le jeune chevalier.

5b se le tint pour dit et tendit le cou en direction du large. Éolia restait pensive.

— Le mot « galion » désigne un grand bateau armé destiné au transport de l'or que l'Espagne faisait autrefois venir d'Amérique, l'informa Charlotte, heureuse de faire étalage de ses connaissances. Nous devons être en Nénucie, peut-être dans l'ancien port de Massora au Moyen Âge.

Puisque la princesse ne répondait pas, la poupée lui pinça le bras.

— Hé! Lia! Tu es dans la lune ou quoi?

— Excuse-moi, je songeais à ce que 5b a dit au sujet de ces jeunes et de la poudre.

Éolia descendit de cheval. Elle chercha les enfants modernes des yeux, mais ils avaient disparu. Reportant son attention sur le quai, elle vit qu'une dizaine de bâtiments de moyen tonnage appareillaient en direction du port.

— Là! Celui avec une voile noire frangée d'or! s'enthousiasma le jeune chevalier en se dressant sur la selle de son étalon.

La fillette arriva à la conclusion, finalement, que ce port ne pouvait être celui de Massora. C'était sans doute celui de Dorance, la grande ville portuaire de Nénucie.

Charlotte tira la princesse par le bras.

— Ton beau Melchisor est très impatient de monter à bord de ce bateau.

— Mais... pourquoi?

Ayant réussi à piquer la curiosité de la princesse, la poupée lui adressa un clin d'œil complice.

— Justement! Tout est là.

— Tout quoi? voulut savoir Éolia.

Autour d'eux, des marins déchargeaient des paniers de poissons crus.

— Arrière! Arrière! clamaient des soldats appartenant à la garnison du port.

Vêtus de surcots, de cottes de mailles et de larges capuchons de drap vert qui tombaient dans leurs dos, ces hommes semblaient prendre plaisir à importuner les gens.

Soudain, Melchisor tomba de cheval.

Éolia et sa poupée magique s'agenouillèrent près de l'adolescent au milieu des marchands et des badauds qui ne leur prêtaient aucune attention.

— Qu'est-ce qu'il a? s'enquit Charlotte, de plus en plus méfiante.

— Il faut le soigner, décida Éolia.

5b fit une grimace, mais ne put empêcher la princesse d'agir. La fillette dégagea le visage du jeune homme et le découvrit blafard et fiévreux. Ses membres tremblaient. Parfois, son corps se crispait sous l'effet de violents spasmes.

La princesse se tourna vers l'écuyer.

— Tu es son ami. Sais-tu ce qu'il a?

5b avait l'air d'hésiter. Ses paupières clignaient rapidement.

— Je t'en prie, l'implora Éolia, si tu sais quelque chose, il faut nous le dire!

À contrecœur, l'écuyer roux sortit de son aumônière en cuir trois minuscules capsules roses.

— Des bonbons! s'étonna Charlotte en se léchant les babines.

— Pas exactement, fit 5b.

Il les introduisit l'une après l'autre entre les lèvres du chevalier.

— C'est ce dont il a besoin. Il va vite se sentir mieux.

— Mais…, balbutia Éolia, qui ne comprenait pas comment ces capsules pourraient guérir le chevalier aussi rapidement.

Tandis qu'elle réfléchissait au fait que les capsules étaient peut-être ensorcelées, Melchisor retrouvait peu à peu son calme. 5b se pencha sur son ami :

— Seigneur ! Seigneur ! Grâce soit louée, vous allez mieux !

Son aumônière heurta malencontreusement la joue de Charlotte. Celle-ci en profita pour subtiliser quelques capsule roses, qu'elle avala aussitôt avec gourmandise. Éolia, qui avait surpris son mouvement, haussa les sourcils.

Alors que Melchisor reprenait des couleurs, la princesse fit le point sur la situation :

— Nous sommes dans un port, commença-t-elle, et nous attendons un bateau à voiles noires. Mais quel lien existe-t-il entre ce galion et notre quête de la poudre magique ?

Se rappelant le commentaire de 5b au sujet des jeunes en jeans et chandails, elle se dressa devant le chevalier qui remettait son heaume sur sa tête.

— S'agit-il de la poudre d'or que je produis naturellement quand je rêve ou bien d'une autre poudre ?

Melchisor cacha son agacement sous son casque en métal, et grommela qu'il s'agissait définitivement d'une poudre, mais sans préciser laquelle.

C'est louche, tout ça! se dit Éolia.

— 5b! ordonna le chevalier. Surveille les chevaux. Moi, je vais monter à bord du galion et y rencontrer qui tu sais.

— Qui tu sais? se récria Éolia qui avait l'impression de se faire jouer un sale tour.

Elle s'agenouilla à la hauteur de Charlotte et lui glissa à l'oreille:

— Il se passe vraiment quelque chose d'anormal. Je ne sais pas quoi, mais je n'aime pas ça.

La bouche pleine de bonbons roses, la poupée magique hocha la tête et bredouilla:

— Che chuis bien de ton avis.

Lorsque le chevalier se fût mêlé à la foule des marchands, 5b rejoignit la princesse. L'air penaud, il s'excusa pour la rudesse de son maître.

— Il n'est pas méchant. C'est à cause de...

— … sa maladie? termina Éolia en le dévisageant.

5b eut l'air gêné, mais il approuva du chef.

— Regardez! les appela Charlotte. Le bateau arrive à quai.

Éolia considéra l'entrepôt qui faisait face à la proue du galion. Un gros chiffre peint en noir étincelait sur la porte.

— Numéro 6, lut-elle par habitude. Et qui Melchisor doit-il rencontrer, à bord de ce bateau?

De nouveau, 5b semblait ennuyé.

— Heu… c'est pour notre recherche de la formule de la poudre.

Éolia aperçut Melchisor qui montait sur la passerelle. Un grand gaillard vêtu d'une cape sombre s'accouda au bastingage du galion qui n'était plus qu'à quelques mètres du quai.

— Qui est-ce? demanda encore la fillette.

5b baissa la tête.

— C'est le pilleur de rêves, termina Charlotte en hoquetant.

— Comment? s'offusqua Éolia.

Mais je croyais qu'il était notre ennemi !

L'écuyer allait prendre la défense de son maître, mais Éolia se désintéressa soudain de la question. Elle se pencha vers Charlotte, devenue très pâle.

— Qu'est-ce que tu as ?

La poupée magique faisait une horrible grimace. Elle transpirait à grosses gouttes et avait du mal à respirer. Elle se mit à baver une substance blanchâtre. Éolia la fit s'allonger sur les planches de bois.

— Vomis ! l'encouragea-t-elle.

Elle l'installa sur le côté, lui frotta le dos.

— Allez ! Allez !

Éolia lui criait encore de vomir quand elle se réveilla, en sueur et tout essoufflée dans son lit.

4

Une discussion nocturne

La jeune princesse se précipita sur son agenda de rêves et y nota chaque détail. L'odeur de poisson, les gens pressés et indifférents, le cri des vendeurs itinérants, les capuchons verts des gardes, le grincement des amarres que des marins bronzés nouaient autour des bites d'amarrage sur les quais... et les enfants fiévreux aux vêtements actuels. Tout était encore si frais à sa mémoire qu'elle transcrivit son rêve d'un seul jet, sans s'arrêter, le souffle court.

De temps en temps, elle jetait un œil anxieux en direction de Charlotte, toujours gentiment assise sur sa chaise.

— Est-ce que ça va? demandait-elle sans attendre de réponse, car elle savait que ses poupées ne pouvaient parler que dans le Monde Magique des Rêves.

Elle écrivit consciencieusement le déroulement de cette dernière aventure en intitulant ses paragraphes: «Arrivée dans le port», «Jeunes en jeans et chandails», «Impatience de Melchisor», «Charlotte vole les bonbons roses».

Il s'est passé quelque chose qui ne m'a pas plu. J'ai senti que...

Elle osait à peine songer que ses nouveaux amis lui cachaient peut-être un élément important au sujet de cette formule qu'ils étaient censés récupérer pour le compte de l'Ambassadeur de lumière.

Dans six jours doit survenir un événement grave, m'a assuré le clown, *et il faudra se tenir prêts.*

Éolia réfléchit encore, grimaça. Quelque chose clochait.

— Non! se corrigea la fillette. Cinq jours, mais à partir de mon rêve en compagnie de Paloma. Soit à compter de lundi soir.

Elle refit l'addition.

— Il ne reste donc qu'un seul jour! conclut-elle.

À la pensée que cet «événement» allait arriver et, surtout, qu'elle ignorait toujours de quoi il s'agissait, elle eut du mal à respirer.

— En tout cas, réprimanda-t-elle sa poupée magique, ça t'apprendra à te bourrer de bonbons!

La lumière argentée de la lune pénétrait à flot par les trois hautes fenêtres. Elle se déposait sereinement sur la courtepointe, sur les tables de chevet, sur le grand tapis.

En avisant son ordinateur portable, Éolia eut une idée.

Et si 5b était en ligne?

L'afficheur électronique de son réveil-matin indiquait quatre heures douze.

— Non, pas si tôt !

Elle eut pourtant la surprise de sa vie en constatant que non seulement l'écuyer roux de ses rêves était en ligne, mais qu'il lui avait déjà adressé un message.

« Poudredor ! Je sais que tu es réveillée, écrivait-il. Et je sais que tu viens de faire un rêve ! »

Ce 5b était vraiment un drôle d'énergumène ! Non seulement il voyageait également dans ses rêves, mais il avait l'air aussi entiché des ordinateurs qu'Éolia elle-même !

La fillette lui assura qu'elle se souvenait de tout, en effet. Et aussi que Charlotte avait eu une sorte de réaction allergique causée par les bonbons roses.

« Moi aussi, je me souviens ! prétendit 5b. Alors il faut vraiment qu'on se rencontre. Je suis désolé pour hier matin. Je me suis fait pincer. »

Éolia tiqua en lisant ce mot.

« Je te donne mon adresse, poursuivit 5b. Nous devons parler de

Melchisor et du pilleur de rêves. Tu te rappelles quand notre ami est monté à bord du galion? Eh bien... il n'est pas encore revenu.»

La fillette retint son souffle.

Pas revenu!

Que voulait-il dire par là?

«Je te demande de venir me rencontrer, car il est en grand danger...»

Suivaient l'adresse et une heure précise de rendez-vous.

— Ça alors! s'exclama Éolia dans le silence de sa chambre.

Que devait-elle faire?

Aujourd'hui, c'était vendredi. Elle n'irait pas à l'école, puisqu'il y avait un congé pédagogique. Mais – elle remarqua le dossier noir que lui avait laissé Madame Étiquette – elle avait tant d'obligations officielles à remplir!

D'un autre côté, pouvait-elle laisser tomber 5b et Melchisor alors que le grave événement prédit par l'Ambassadeur menaçait de leur tomber dessus?

Elle passa en revue ses engagements de princesse.

D'abord, je dois me rendre avec papa et Frédérik au Grand Hôtel Royal de Nénucie, où sont logés les joueurs de golf, et assister avec eux à une ennuyante conférence de presse télévisée. Ensuite...

Mais elle s'interrompit net.

Que je suis bête !

Elle écrivit aussitôt à 5b qu'elle allait tout faire pour être présente au nouveau rendez-vous. Ne connaissait-elle pas quelqu'un qui serait honoré de côtoyer à sa place les célèbres champions mondiaux de golf?

Éolia s'introduisit dans l'ascenseur secret dissimulé derrière le mur de sa chambre, et gagna sa pièce refuge située dans les combles. Là, elle ouvrit l'unique porte qui donnait sur une enfilade d'étroits corridors conduisant à de modestes appartements privés où vivaient les domestiques du palais royal.

Après avoir longtemps marché, la fillette s'approcha d'une porte peinte en brun. Une sonnette était vissée dans le montant de bois. Jugeant qu'il serait très impoli de déranger les gens en pleine nuit, elle utilisa son passe-partout.

Gênée de s'introduire à la manière d'une voleuse, elle se retrouva pourtant dans un vestibule sombre. Devant elle, une lucarne entrouverte laissait entrer un rectangle de lumière blanche. La fragrance sucrée des roses, portée sur les toits depuis la roseraie par la brise nocturne, vint chatouiller ses narines.

Si elle se souvenait bien, la chambre de Mélanie se trouvait sur la droite, après le salon.

Pourvu que je ne me trompe pas de chambre!

En imaginant la tête que ferait madame Duquesnoy, la mère de son amie et sosie, si jamais elle entrait dans la mauvaise pièce, la jeune princesse étouffa un rire.

Le plancher craquait affreusement sous ses pieds. Un instant, elle crut buter contre un animal – un rat, peut-être! – et retint un cri de frayeur. Un ronronnement sourd monta du sol.

Mélanie venait justement d'adopter un chaton gris aux iris verts, qu'elle avait baptisé Yuki !

Éolia caressa la boule de poils qui s'apprêtait à miauler, la souleva dans ses mains et posa son nez contre le museau froid.

— Chut ! Ou tu vas me faire prendre...

Il lui sembla que la porte de chambre de Mélanie grinçait juste pour l'embêter. La pièce était exiguë. Par la lucarne pénétrait cette lumière lunaire qu'Éolia trouvait si douce.

Avant même que la jeune princesse se demande comment faire pour réveiller Mélanie sans l'effrayer, son amie se retourna dans ses couvertures et battit des cils.

— Lia ? murmura Mélanie, tout ensommeillée.

Éolia eut la sensation que la jeune fille n'était pas vraiment surprise de la découvrir dans sa chambre au beau milieu de la nuit.

— Je faisais un rêve, figure-toi, lui confia celle-ci. Tu étais lancée à la poursuite de brigands dans un endroit bondé de monde. Moi, je te cherchais dans cette foule qui vendait des fruits de mer et des poissons. Soudain, ton ami le clown, je crois, m'a attrapée par l'épaule et m'a conseillé : «Si tu veux parler à Éolia, réveille-toi!»

La princesse esquissa un sourire ravi. Le Monde Magique des Rêves était décidément rempli de mystères. Dans un sens, elle n'était pas étonnée que l'Ambassadeur de lumière ait communiqué avec Mélanie. Ne tirait-il pas les ficelles de ses rêves-enquêtes ?

Songeant à sa nouvelle mission, elle se mordit les lèvres. Mélanie prit peur.

— Qu'y a-t-il, Lia ? Rien de grave, j'espère !

— Il s'agit d'une nouvelle enquête, avoua la fillette.

Sa meilleure amie dodelina de la tête. Quand Éolia prononçait les mots « rêve » ou « enquête », Mélanie se doutait bien que, d'une manière ou d'une autre, elle allait y être mêlée.

— Encore tes poupées magiques ?

La jeune princesse connaissait l'opinion de Mélanie concernant les pouvoirs de ses sept poupées de collection. À dire vrai, la jeune fille n'y croyait pas. Elle répétait à loisir qu'Éolia possédait, seule, la faculté de vivre des rêves extraordinaires. Que ses poupées n'étaient qu'une excuse, qu'une manière d'avoir plus confiance en elle.

— Écoute, ajouta Éolia, un peu embarrassée, on n'a pas d'école, aujourd'hui, mais as-tu des projets pour la journée?

Mélanie s'assit sur son lit en face de la princesse de Nénucie. Éolia avait-elle les traits plus tirés que d'habitude? Mais après tout, elle aussi devait avoir les paupières collées et la chevelure en bataille!

— J'ai promis à maman de rester pour étudier ma grammaire, finit-elle par répondre.

Éolia rit nerveusement.

— Que se passe-t-il, cette fois? s'enquit Mélanie. Le pays risque-t-il d'être envahi par des bonshommes venus de l'espace?

C'était une vieille plaisanterie entre elles même si, Mélanie le savait, les rêves d'Éolia avaient déjà contribué à résoudre nombre de mystères ou bien à réparer des injustices.

La princesse fendit l'air de sa main d'un geste machinal.

— Non. Je dois juste aller à un rendez-vous pour rejoindre un ami.

— Un ami?

— Oui. Ensemble, nous devons aller chercher un autre ami qui a des ennuis.

Mélanie réfléchit quelques instants.

— Si j'ai bien compris, tu veux que je joue ton rôle de princesse pour que tu puisses rencontrer deux garçons.

Présentée de la sorte, la requête d'Éolia lui parut puérile.

— Tu ne trouves pas que tu prends beaucoup de risques pour un simple rendez-vous?

La jeune princesse démentit aussitôt.

— Ce n'est pas ce que tu crois! En fait, c'est ultra important pour...

Elle repensa aux paroles de l'Ambassadeur:

— ... pour ce qui se passe en ce moment dans les écoles.

Elle évoqua devant Mélanie, qui bâillait, la relation qu'elle soupçonnait entre la poudre maléfique qui n'avait rien à voir avec sa poudre d'or à elle, l'écuyer, le chevalier, leur quête et le pilleur de rêves.

— Tu comprends, ces enfants vêtus en jeans et ces capsules que 5b a données à Melchisor dans notre rêve, pour qu'il se sente mieux après être tombé de cheval, m'ont mis la puce à l'oreille.

— Tu veux dire que cette «poudre» serait en fait de la drogue? Celle qui est donnée aux enfants dans les écoles? termina Mélanie, soudain haletante.

— Oui. Plus j'y pense, moins j'ai de doutes.

Mélanie baissa encore la voix. Le ronronnement de la petite Yuki sembla remplir toute la pièce.

— Un de mes amis s'est fait proposer de la drogue par un homme louche, avoua la jeune Nénucienne. Ça s'est passé à la sortie de mon école, la semaine dernière...

Mélanie s'empressa d'ajouter que cet ami avait refusé d'en prendre, même si l'homme lui offrait les capsules roses gratuitement.

— Des capsules roses! s'exclama Éolia.

— Oui. Mais je sais que d'autres garçons, eux, les ont acceptées.

Éolia ruminait d'inquiétantes pensées. Au bout de quelques minutes durant lesquelles les deux fillettes caressèrent Yuki à tour de rôle, la princesse demanda :

— Si je promets de t'aider avec ta grammaire, peux-tu te déguiser et te faire passer pour moi, aujourd'hui ?

Mélanie sourit. Même si elle trouvait risqué de jouer le rôle d'Éolia, surtout à cause de la terrible Madame Étiquette, l'offre était alléchante.

— En plus, l'encouragea la princesse avec un sourire en coin, tu vas rencontrer à ma place tous les grands joueurs de golf, incluant le beau Renios Bergoula !

— Le champion du monde ?

— Bien sûr, il sera là !

— Mais...

— Ne t'inquiète pas. Mon père, Frédérik et le colonel seront au courant.

— Mais toi, que comptes-tu faire ? s'alarma Mélanie.

Éolia haussa ses épaules.

— Rencontrer 5b et Melchisor, et découvrir un moyen de mettre un terme à ce trafic de capsules roses destinées aux enfants de Nénucie.

Mélanie fronça ses épais sourcils bruns.

— Et tu vas t'y prendre en agitant une baguette magique, peut-être?

— Non. D'abord, il faut que je...

La jeune princesse sortit son téléphone cellulaire et composa un numéro.

5

Un étrange
mendiant

— **A**ltesse, je tiens à ce que vous sachiez que je suis ici contre mon gré !

Vêtu d'une courte veste en cuir noir, d'une chemise à fleurs et d'un pantalon sport, le colonel ressemblait à ces touristes riches et séduisants qui envahissaient les hôtels de Massora durant la fin de semaine du Championnat de golf de Nénucie.

Éolia respirait l'air encore frais de ce vendredi matin de printemps, et se disait que, décidément, elle avait un grand-père génial. Non seulement le roi n'avait pas refusé qu'elle parte «en mission secrète», mais il lui avait adjoint Monsieur X ainsi que deux autres gardes du corps.

La fillette se retourna et contempla le premier d'entre eux, un malabar aux cheveux coupés ras, en costume cravate, qui marchait sur le trottoir d'en face en tenant un journal plié sous son aisselle droite. Le second agent de sécurité conduisait l'habituelle Fiat des services secrets.

Xavier Morano semblait capter les pensées intimes de la princesse, car il s'ingéniait à diminuer son enthousiasme.

— Après votre coup de téléphone de ce matin, le roi a accepté de vous laisser la bride sur le cou, oui, mais juste pour quelques heures! Nous nous rendons à votre adresse, nous rencontrons votre mystérieux interlocuteur, je l'interroge. Ensuite, nous retournerons illico au palais royal où vous reprendrez votre place aux côtés de votre père et de votre frère.

Éolia lui décocha un sourire espiègle sous sa longue perruque de cheveux fins et noirs.

— Rassurez-vous, Monsieur X, Mélanie sait très bien jouer les princesses. Mon absence ne sera pas découverte!

L'officier renifla bruyamment pour manifester sa frustration. À cause des excentricités de la fillette, il avait été obligé d'envoyer en son nom le lieutenant Bovoit rencontrer le commissaire divisionnaire de Massora.

Au lieu de discuter de la sécurité du roi et de la reine durant le championnat de golf de dimanche, je suis en train de faire l'imbécile.

Ce fut au tour de la fillette de lire dans les pensées de son ami.

— Monsieur X, je sais que je dérange votre journée et j'en suis désolée. Mais si j'ai raison...

Le colonel observa quelques instants la princesse. Elle avait le chic pour dénicher des déguisements qui l'enlaidissaient. Avec son anorak à large capuche, ses lunettes rondes et le faux dentier qu'elle s'était fourré dans la bouche, elle ressemblait à une préadolescente nerveuse et mal dans sa peau.

Monsieur X l'écoutait lui exposer une fois encore la gravité de la situation, et, en même temps, il ne pouvait s'empêcher de noter chaque détail du paysage. Dans son dos, le soleil matinal déversait sa lumière piquante sur les toits des grands immeubles du quartier des ambassades. Sur sa gauche s'élevaient les clôtures et les versants boisés qui donnaient sur la forêt royale.

Ils marchaient sur le trottoir de la rue royale, côté est. Cette voie d'accès, qui contournait entièrement les bâtiments du palais ainsi que la forêt, était en réparation et devait dès ce matin être fermée à la circulation. Déjà, toute circulation automobile avait été interdite. Des panneaux ainsi que de nombreux agents de police détournaient le trafic. Jetant un coup d'œil par-dessus son épaule, le colonel vit la Fiat des services secrets arrêtée par un agent. Le conducteur montra son laissez-passer, le policier lui fit signe de franchir le barrage.

Le colonel n'aimait pas cette nouvelle «mission» d'Éolia. Il ne la sentait pas et ce malaise le mettait sur les nerfs.

Il va se passer quelque chose de dramatique, mais quoi?

Il examina la jeune princesse.

Comme d'habitude, elle s'amuse et ne se rend pas compte du danger.

Sauf que, cette fois, le colonel ignorait de quel côté les ennuis se présenteraient.

Ils s'engouffrèrent dans une rue, puis dans une autre. Aussitôt, le feuillage des grands chênes assourdit le bruit de la ville. Les passants étaient rares et bien vêtus. Les maisons étaient cossues, imposantes et d'allures prétentieuses.

Dans ce quartier vivaient les gens snobs qui étaient tout heureux de pouvoir dire qu'ils habitaient à deux pas du palais royal. Les rues et les trottoirs étaient propres. On n'apercevait aucune poubelle, aucun rat ou chat errant, aucun détritus. De temps en temps, un domestique guindé promenait le chien de ses maîtres. Une gouvernante accompagnée d'une servante coquette poussait un landau dans lequel dormait un futur héritier.

À la vue de ce décor pompeux, le colonel restait perplexe.

— Et vous dites que votre 5b vous a donné son adresse !

— 42, rue Princesse-Marguerite. Nous y sommes presque, Monsieur X !

— Je n'aime pas ça, maugréa l'officier.

Même si les gens de la météo prévoyaient des orages en après-midi, il faisait beau. L'air resterait frais, mais le soleil serait très chaud. Deux jours les séparaient du championnat de golf. En cette occasion comme pour bien d'autres événements sportifs, tous les services de police du pays étaient sur les dents. Le niveau d'alerte aux terroristes était relevé, les douaniers resserraient leur surveillance dans les aéroports. Les gares de trains et terminus d'autobus fourmillaient d'agents qui patrouillaient les quais avec leurs chiens policiers.

Et au lieu de prendre part à ce grand événement annuel, moi je joue les touristes, fustigeait intérieurement le colonel.

Son œil de lynx fut tout à coup attiré par un drôle de bonhomme assis au coin de la rue Princesse-Marguerite sur une chaise pliante. Mal rasé, les cheveux gras tombant sur ses épaules, il ressemblait à ce qu'il était : un mendiant. Sauf que sa tenue, veste bien taillée, cravate de soie et pantalon assorti, lui donnait un air particulièrement suspect.

Avait-on jamais vu un vagabond aussi bien mis ? En une seconde, Monsieur X nota également que la cravate du miséreux était nouée de travers, que son veston était trop large. Ses bottes, quoique méticuleusement cirées, étaient trouées en plusieurs endroits. En passant devant lui, l'officier sentit la forte odeur d'alcool qui l'enveloppait, si tôt le matin.

— Numéro 42. C'est ici ! déclara Éolia avec entrain.

Le colonel considéra l'élégante maison de briques blanches à colonnades, les cyprès parfaitement taillés, la large pelouse accueillante, le sentier de gravier, les tuiles orange, les trois cheminées et les volets peints en vert. De chaque côté de cette maison s'élevaient d'autres demeures, aussi belles et luxueuses.

— L'écuyer dans vos rêves vivrait donc ici!

— Exact.

— Ce même garçon qui vous a déjà donné rendez-vous dans la cabane, près des saules pleureurs?

— Le même, lui assura Éolia, qui se demandait où le colonel voulait en venir.

Elle le dévisagea.

— Oui, ajouta-t-elle, puisqu'il habite ici et que la cabane ne se trouve qu'à deux cents mètres de là, c'est logique!

Xavier Morano n'était pas certain de comprendre ce qui, d'après la princesse, était «logique».

Soudain, il sentit de nouveau les effluves d'alcool perçues plus tôt en remontant la rue.

— Vous cherchez quelqu'un? s'enquit une voix éraillée.

Le colonel et Éolia se retrouvèrent nez à nez avec l'étrange mendiant. Le

vieil homme releva sa manche droite sur un avant-bras aussi poilu que celui d'un ours.

— Il est neuf heures, fit-il.

L'instinct et le flair de l'officier le poussaient à la méfiance. Le mendiant n'arborait-il pas une montre Cartier flambant neuve? Aussi tâta-t-il son arme automatique, rangée dans sa poche revolver. Mais Éolia, tout sourire, s'interposa entre eux.

— Vous nous connaissez, monsieur? demanda-t-elle poliment.

Le vagabond sourit de toutes ses dents noircies.

— Non, mademoiselle, mais je connais quelqu'un qui vous connaît.

Éolia additionna un plus un.

— Quelqu'un de grand, maigre et roux, avec des taches de son sur les joues et un air triste?

L'itinérant hocha la tête, et ajouta que Bobby n'était pas chez lui, ce matin.

— Bobby? s'étonna la fillette qui ne connaissait le rouquin que sous son pseudonyme Internet.

Le colonel reprit le contrôle de la situation.

— Que savez-vous de cet adolescent?

Nullement impressionné par l'air revêche de cet homme qui avait des allures de policier malgré sa tenue de touriste, le vagabond préféra répondre à la gentille fillette.

— Le père est riche, Bobby est un enfant unique. Les domestiques ne sont ni généreux ni sympathiques et la mère force un peu trop sur la bouteille. Le petit est seul, la plupart du temps.

Les paroles du vieil homme se transformaient en images dans la tête d'Éolia. Elle voyait très distinctement le père de Bobby-5b, élégant, vêtu d'un costume de soie clair. Les serviteurs méprisants qui ne faisaient jamais l'aumône au mendiant. Et la mère richement parée de bijoux, mais fatiguée et l'air hagard.

Puisque le colonel semblait intrigué par la montre que portait le mendiant, Éolia devina le reste.

— C'est Bobby qui vous a donné cette montre, n'est-ce pas?

— Il a un cœur d'or, ce gamin, assura le vieux quêteur. Mais il a des problèmes dans son âme et dans sa tête.

Cette conversation s'éternisant trop au goût de Monsieur X, l'officier trancha :

— Pourquoi ne pouvons-nous pas rencontrer Bobby, ce matin ?

Le mendiant n'hésita qu'une seconde.

— Il est parti très tôt, avant que son père n'arrive pour le voir…

Le colonel fixa intensément la porte d'entrée de la demeure blanche.

— Oh ! Le père n'est plus là, continua le mendiant. Il vient, il distribue de l'argent et il repart.

— Mais Bobby nous a donné rendez-vous ici même à neuf heures, plaida Éolia.

Le vagabond se pencha vers elle.

— Je sais, il m'a prévenu. Tenez…

Il sortit de la poche de son veston un carré de papier qu'Éolia déplia.

— Qu'est-ce que c'est ? voulut savoir Xavier Morano.

— Des instructions pour le retrouver.

L'officier faillit lever les bras au ciel en un geste d'exaspération.

— Bobby s'excuse. C'était trop dangereux de le rencontrer chez lui. Il nous attendra à onze heures, aux Tambours, devant la statue du roi Florian V.

— Aux Tambours ! s'exclama Monsieur X. Mais c'est le repaire des pires criminels de la ville !

Avant de prendre congé du mendiant, Éolia demanda à l'officier de lui faire l'aumône de quelques euros. Peu après, la Fiat des services secrets vint se ranger à leur hauteur.

— Cette histoire a assez duré, gronda le colonel. Princesse, vous allez rentrer au palais.

— Au contraire, colonel, ça devient de plus en plus passionnant ! rétorqua Éolia.

— Passionnant, c'est vous qui le dites ! Je doute que votre Bobby puisse nous mettre sur la piste des dealers de drogue ! Il a probablement volé le costume et la montre que porte ce mendiant à son propre père.

— Mais le roi a assuré que…, commença Éolia, enragée à l'idée que le colonel veuille ainsi la renvoyer au palais.

— Vous ne savez pas tout, Altesse ! la coupa l'officier. Figurez-vous que le soldat qui vous a conduit dans mon bureau, hier matin, m'a remis la poudre qu'il avait découverte dans la cabane. Nous l'avons fait analyser. Il s'agit de substrak, un hallucinogène puissant dérivé de la cocaïne. On s'en sert pour...

— ... pour remplir des capsules roses, Monsieur X, termina la jeune princesse. Des bonbons que l'on donne aux enfants dans les écoles du pays.

Le chef des services secrets resta bouche bée devant la répartie de la fillette. Il savait que le substrak était consommé par des adultes dans les bars peu recommandables de la ville. Il savait aussi que la police soupçonnait l'existence, en Nénucie, d'un réseau de distribution de drogues. De plus, l'opinion publique était choquée par les dernières nouvelles. Des capsules roses avaient été découvertes dans les poches d'enfants qui avaient ensuite été hospitalisés pour troubles nerveux, fièvres, délires, allergies graves et crises d'asthme.

— Je ne veux pas retourner au palais, Monsieur X, insista Éolia.

Le colonel échangea un long regard avec son agent assis au volant de la Fiat.

— Soit! finit-il par répondre sur un ton agacé. Mais il va falloir que vous me racontiez votre dernier rêve en détail...

6

Le festival
des Tambours

L'étroit flanc de colline sur lequel se tenait le populaire festival des Tambours était situé sur la rive ouest du fleuve Acrynoss, au milieu de récents développements immobiliers. Ce festival se poursuivait d'avril à septembre, tous les jeudis, vendredis, samedis et dimanches.

Ainsi que l'avait annoncé le colonel, cette sorte de marché aux puces et d'attraction musicale à ciel ouvert était si mal fréquentée que la police municipale avait créé une brigade spéciale pour y contenir les excès.

La Fiat se stationna le long de l'avenue des Tambours. Éolia, qui rêvait en secret d'assister à ce que sa mère appelait «un rassemblement de mendiants et d'artistes crevant de faim», comprit immédiatement d'où cette fête tirait son nom.

La fillette était ébahie. La cacophonie composée de cuivres, de flûtes, de guitares et de percussions de toutes sortes ne pouvait décemment porter le nom de musique. Éolia fixa le moutonnement vert des pelouses qui tapissaient le flanc de la colline. Les esplanades étaient spacieuses et encadrées de hauts chênes, de bouleaux, de cerisiers, de pins parasols, de frênes et de mimosas. Quelques allées de ciment parcouraient cet espace que se disputaient des centaines de personnes.

— Le bruit semble venir de partout à la fois! remarqua la jeune princesse en rajustant sa perruque.

Elle arrangea également son dentier. Adossée à un parcomètre, la fillette observait les couleurs, les formes, la silhouette mouvante des spectateurs et celles des vendeurs itinérants. Elle avait besoin d'étudier chaque détail et d'en comprendre le sens afin de les répertorier, de les apprivoiser. Alors seulement Éolia pourrait se calmer, respirer plus lentement et, surtout, se concentrer sur leur mission.

Un des gardes du corps crut bon de préciser que si cet endroit de la ville était bruyant, au moins n'entendait-on pas le vrombissement des moteurs de voitures!

— Si on écoute bien, ajouta le colonel qui partageait les sentiments de son agent, on peut distinguer des rythmes différents.

Éolia en était tout étonnée, car elle ignorait que le colonel s'intéressait à la musique.

— Allons-y! décida l'officier en voyant deux policiers s'approcher.

L'esplanade était divisée en plusieurs sentiers parallèles d'environ deux cents mètres de long. Des places avaient été aménagées par la ville. Les boutiquiers situés sur les artères principales ouvraient leurs échoppes installées à l'année, tandis que les vendeurs itinérants proposaient leurs marchandises sur des tréteaux.

Ce festival célébrait l'arrivée de la saison estivale et permettait aux citadins de se rencontrer, de boire du thé, des cafés, et de déguster des pâtisseries sur les terrasses environnantes. Les jeunes artistes donnaient sur les places des spectacles gratuits. Les rats de bibliothèque trouvaient dans les bouquineries des livres rares ou même épuisés. Les pauvres dénichaient toujours des objets ménagers à bas prix. Dès neuf heures le matin jusque tard en soirée s'enchaînaient des programmes de danse, de musiques instrumentales, des tours de magie, ainsi que des pièces de théâtre amateur.

Le colonel expliquait tout ceci à la princesse, tandis qu'ils jouaient des coudes pour avancer dans la masse compacte des flâneurs et des jeunes vendeurs de friandises.

— J'aime beaucoup cet endroit, Monsieur X! déclara Éolia en reluquant un tréteau sur lequel grillaient des arachides enrobées dans du miel ou du chocolat.

Qu'est-ce que Fred aimerait venir ici, lui aussi! Pourquoi on ne nous emmène jamais dans des endroits aussi intéressants?

Elle aperçut soudain les toilettes publiques et se rappela qu'elle avait envie d'y aller depuis leur départ du palais. Le colonel fit une rapide grimace quand elle lui annonça cette petite urgence. Ordonnant à ses hommes de se tenir devant chacune des fenêtres du bâtiment d'allure champêtre, l'officier se plaça lui-même en faction devant l'entrée des toilettes pour dames.

Quand Éolia ressortit sans s'être fait enlever, le colonel donna pour instruction à ses hommes de se mêler à la foule sans pour autant les perdre un instant de vue. Marchant aux côtés de la princesse, il se demandait s'il devait ou non la tenir par la main.

En réponse à une remarque enthousiaste de la fillette sur la gaieté qui régnait alentour, Monsieur X s'empressa de la ramener sur terre.

— Cette fête est joyeuse en apparence seulement, Altesse! En vérité, sous cette foule bavarde de flâneurs se cachent des bandes organisées.

Éolia trouvait dommage que son ami ne puisse pas simplement vivre le moment présent. Mais ce stress constant lui venait sans doute de son métier d'agent secret.

— Des... bandes? s'étonna-t-elle.

— Vol à la tire, trafic de stupéfiants, revente d'objets volés, fausse monnaie.

Le colonel indiqua la place centrale sur laquelle se dressait la statue de l'aïeul d'Éolia, le roi Florian V.

— Nous approchons du lieu de rendez-vous, Altesse!

Éolia lança un regard désapprobateur à l'officier.

— Ne m'appelez plus comme ça, ronchonna-t-elle, sinon on va se faire remarquer. Je suis votre nièce Christelle!

Le colonel se rappela cette lubie de la princesse, qui s'était inventée une identité de fille du peuple du nom de Christelle Morano. Il lui prit d'autorité la main pour la soustraire à un groupe de jeunes musiciens mal coiffés et chahuteurs.

Soudain, Éolia s'arrêta.

— Vous avez repéré votre contact? s'enquit Monsieur X.

La fillette aimait le mot «contact», car il lui donnait vraiment l'impression de participer à une mission secrète de grande personne. Cependant, elle était surprise que le colonel puisse penser qu'elle avait vu celui qu'elle appelait à présent Bobby-5b.

Même si dans Bobby, il n'y a que trois b! songea-t-elle avec malice.

— Heu, non, fit-elle, mais j'ai un peu faim. Pas vous?

Et elle le tira vers le tréteau sur lequel grillaient les arachides.

— Vous en voulez un cornet? hasarda l'officier, un peu mal à l'aise à l'idée de jouer le rôle de l'oncle avec la princesse de Nénucie.

— Non, deux! Un chacun! rectifia Éolia en riant.

Le colonel se pencha pour régler le prix de leur achat. Profitant de ce moment d'inattention de la part de l'adulte, un jeune garçon bien habillé aborda Éolia et lui tendit un sachet remplit de capsules roses.

— Tiens, prends! Je te les donne!

Devant la stupéfaction de la fillette, le garçon lui glissa le sachet dans la poche de son anorak et disparut aussitôt dans la foule.

— Tenez, Alt... heu, Christelle, se corrigea le colonel en remettant à la princesse son cornet d'arachides grillées.

Voyant sa mine ébahie, il s'inquiéta:

— Ça ne va pas?

Éolia lui montra le sachet de plastique. L'officier le déchira, soupesa les capsules longues aux bouts arrondis, en porta une à son nez.

— Substrak, en déduisit Monsieur X, l'air sombre. Où diable avez-vous eu ça?

— Un garçon vient de me le donner, bredouilla Éolia.

Le colonel suivit son regard.

— De quoi avait-il l'air?

Mais l'expression hébétée de la princesse le convainquit de ne pas la laisser seule pour courir derrière le jeune revendeur.

C'était la première fois qu'une telle chose arrivait à Éolia. Avant, cette histoire de capsules hallucinogènes n'était qu'une... histoire, qu'un rêve! À cet instant, le danger représenté par ces bonbons empoisonnés que des gens distribuaient à des jeunes devenait une horrible réalité. Elle repensa à son amie Mélanie, qui lui avait confié que ce trafic avait cours dans son école.

Le colonel communiqua aussitôt avec ses agents. Mais que leur dire? L'événement s'était produit si vite que lui-même n'avait pas eu le temps de réagir. Au moins ses deux agents n'étaient pas loin.

— Restez en éveil, leur ordonna-t-il. Et si vous voyez un garçon bien habillé distribuer des bonbons aux enfants qui passent, reportez ses agissements auprès des agents de police!

Car plusieurs policiers en uniforme patrouillaient les allées.

— Allons, reprit le colonel à l'intention d'Éolia. Il est presque onze heures. Votre Bobby ne devrait pas tarder.

Ils durent s'armer de patience pour atteindre le carré de ciment sur lequel des jeunes Africains torse nu jouaient du tam-tam tandis que des danseuses se mouvaient au rythme endiablé de la musique.

— Oh! s'étonna Éolia.

Le colonel s'attendait à ce qu'elle lui montre les artistes aux crânes soigneusement rasés et aux membres tatoués d'étranges symboles cabalistiques. Mais la fillette contemplait le socle de la statue et les jambes de son ancêtre Florian V, barbouillés de graffitis à consonances politiques.

— Ne vous en faites pas, la consola le colonel. Chaque soir, une équipe de nettoyage répare les dégâts.

— Non, infirma Éolia, j'ai cru voir Bobby-5b caché derrière la statue, mais ce n'était pas lui.

L'officier cligna des paupières, car la lumière du soleil se reflétait sur la gorge et la poitrine du monarque. Florian V, représenté en uniforme de général, tenait son sceptre royal d'une main et de l'autre, le modèle réduit en pierre d'un ancien avion biplan. Xavier Morano sourit en se rappelant que ce roi n'avait pas seulement fait construire l'actuel palais royal et son dédale de passages secrets. Il avait également créé l'armée de l'air de Nénucie, en mille neuf cent huit.

— Onze heures cinq, s'impatienta le colonel, pour qui la ponctualité était très importante. J'espère que votre zigoto ne se moque pas de nous!

Éolia essayait de se détendre en observant les danses.

Je suis sûre que Palo aimerait être ici avec moi!

D'ailleurs, avec un peu d'imagination, ne pouvait-elle pas voir sa poupée magique espagnole en train de danser au milieu des autres filles?

— Vous êtes certaine que votre 5b veut vous parler du substrak? s'enquit le colonel.

Éolia comprit que l'officier souhaitait ardemment que cette escapade ne soit pas seulement un caprice de fille gâtée.

— Ne vous inquiétez pas, Monsieur X, rétorqua-t-elle, nous allons discuter de poudre. Et puis...

Elle n'eut pas le temps d'en dire davantage qu'un mouvement de foule les écarta brusquement du devant de la scène. Surgissant d'une allée voisine, une vingtaine de jeunes armés de gourdins semèrent la panique sur l'esplanade. Poussant les spectateurs, tirant les danseuses par les cheveux, ils gesticulaient et abattaient leurs armes improvisées sur les tam-tams et les musiciens.

— À couvert! hurla le colonel en serrant Éolia contre lui.

— Que..., fit la fillette, éberluée.

— Ce doit être une bande de musiciens rivale, expliqua Monsieur X. Tous les artistes ne peuvent pas se produire. Cette situation crée forcément des tensions et des jalousies.

Veillant à protéger la princesse, Morano se demandait s'il aurait besoin de dégainer son revolver de fonction pour se dégager de cette rixe qui tournait à l'émeute. Il écarta un des jeunes agresseurs et le désarma en lui faisant une clé de bras inspirée des arts martiaux.

Où étaient ses agents? Se traitant d'idiot, il regretta amèrement de ne pas s'être fait accompagner par davantage de soldats. La panique était à présent générale. Des spectateurs horrifiés couraient dans tous les sens. Des policiers surgissaient et empoignaient les jeunes. Une danseuse tomba sur le sol et cria qu'on lui marchait sur la tête. Des chaises furent renversées. Deux ou trois musiciens africains, effrayés, grimpèrent sur la statue du roi Florian. Enfin, des coups de sifflet retentirent et l'esplanade commença à s'éclaircir.

Reprenant son souffle, le colonel se félicita: il avait aidé à éparpiller les agresseurs et sauvé trois ou quatre musiciens. Le tout sans avoir eu besoin de sortir son arme!

Tout à coup, un pressentiment le glaça d'horreur. Il se retourna. Son cœur s'arrêta de battre. Il devint aussi blême que la pierre dont était faite la statue du roi.

— Princesse! s'exclama-t-il, en constatant la disparition d'Éolia.

La fillette fut arrachée au blouson de cuir du colonel, auquel elle s'accrochait pourtant de toutes ses forces. Bousculée par les uns et les autres, elle hurla en apercevant le rictus haineux d'un agresseur qui s'apprêtait à frapper son adversaire. Recroquevillée entre les deux garçons qui en venaient aux poings, Éolia cria encore.

— Monsieur X!

Mais il y avait tant de bruit et de cris autour d'elle, que la terreur la figea sur place. Ses bras et ses mains se mirent à trembler, au point qu'elle eut du mal à se protéger la tête avec ses coudes. Elle souhaita pouvoir être transportée d'un coup de baguette magique dans sa chambre, au palais royal. Ou, mieux encore, s'imaginant catapultée dans un rêve, elle voulut se réveiller. Car cette fête tournait décidément au cauchemar.

Elle reçut un coup de genou sur le menton et sentit son faux dentier s'entrechoquer dans sa bouche.

Appelant encore et encore le colonel qui semblait s'être volatilisé, elle tenta de se relever afin de voir ce qui se passait. Elle crut reconnaître l'uniforme d'un policier et voulut le rejoindre. Mais une main la tira en arrière. Elle se cogna le crâne contre l'angle d'une table exposant des montres de fantaisie et des bijoux en toc. Sa tête se mit dangereusement à tourner...

7

Les égouts

Éolia tomba face contre terre. Presque immédiatement, elle se surprit à respirer une forte odeur de poisson. Ses doigts palpèrent la surface rugueuse du sol. Elle sursauta en constatant qu'il s'agissait de bois plutôt que de ciment, et cligna des paupières.

— Chut! entendit-elle au-dessus de sa tête.

Je reconnais cette voix! songea la fillette en se redressant.

— Bérangère?

La poupée magique du vendredi hocha la tête. Ses longues boucles châtaines balayèrent son front de porcelaine.

— Oui, je viens d'arriver.

Éolia comprit aussitôt qu'elle faisait un autre rêve, en pleine journée!

J'ai dû me cogner le crâne.

— Et Charlotte? s'inquiéta-t-elle.

— Elle va mieux, je prends la relève.

Sans s'étonner davantage, la jeune princesse se demanda où en était ce même rêve qu'elle faisait en plusieurs parties. Devinant sa question, Bérangère la mit au courant.

— Melchisor est toujours à bord du bateau.

Elles se faufilèrent entre les caisses déchargées par de robustes marins, et s'approchèrent du bord du quai.

— Vois ce qui est écrit sur l'étrave!

— Le *Serpent des mers*, lut Éolia.

La fillette avait toujours aimé l'accent pur et net de sa poupée française. De plus, Bérangère utilisait de temps en temps des mots nouveaux qu'Éolia apprenait avec avidité. *L'étrave,* se répéta-t-elle en s'ordonnant de ne pas oublier ce terme ni le nom de ce navire.

— Où est 5b ? interrogea-t-elle.

Éolia avait deux mots à lui dire... Car décidément, ce drôle de garçon lui en faisait voir de toutes les couleurs. D'abord, il n'était pas venu au rendez-vous de la veille. Ensuite, il y avait eu cette rencontre manquée, devant chez lui. Et, pour finir, il avait encore brillé par son absence devant la statue du roi Florian V !

Bérangère fit une grimace.

— Je ne l'ai pas vu, mais... oh ! Attention...

Les marins déchargeaient de nouvelles caisses. Ils s'y prenaient à trois, accrochaient la boîte à une poulie, puis ils tiraient sur une corde de toutes leurs forces. À terre, d'autres hommes guidaient la caisse avec de grandes perches et la réceptionnaient, surveillés de près par les vigiles du port.

Éolia les reconnut grâce à leurs capuches vertes qui tombaient sur leurs omoplates. Se sentant comme des souris en train d'espionner des géants, la fillette et sa poupée magique contournèrent un ensemble de caisses posées sur le quai devant l'entrepôt numéro 6.

— Ça empeste! se plaignit Bérangère.

Éolia haussa les épaules.

— Tu n'aimes pas le poisson?

— Le poisson frais, oui!

Elles se mirent à rire, mais s'étranglèrent soudain de frayeur, car une nouvelle caisse venait de tomber sur celle qui se trouvait derrière elles. Il sembla à Éolia que le quai de bois vermoulu avait tressailli sous le choc. Une forte odeur de sel se mélangea à celle du poisson, et la fillette dut faire des efforts pour ne pas vomir.

En se redressant, elle observa les traits tirés de sa poupée. Celle-ci n'était pas, en effet, réputée pour sa bravoure.

— Tu as peur? plaisanta la fillette.

Bérangère fit mine d'ignorer la remarque. Elle leva son nez en forme de trompette et montra du doigt l'étrange signe peint en noir sur la caisse.

IVXI

Éolia fronça les sourcils.

— Je crois que c'est un indice...

La fillette inspecta les autres caisses en tâchant de ne pas se faire repérer, puis revint à son point de départ.

— Tu as raison, aucune autre caisse ne porte d'inscription de ce genre.

Un éclat de voix les cloua sur place.

— Vous, là !

Éolia se redressa d'un bond et s'élança. Hélas, elle se prit les pieds dans les pans de sa robe de coton sombre et s'étala de tout son long. Bérangère, plus maligne, prit la peine de relever la sienne sur ses chevilles. Ce qui ne l'empêcha pas d'être attrapée par le col et secouée tel un vulgaire tapis.

— Qui êtes-vous ? tonna un homme arborant un bonnet vert sur le crâne.

Éolia considéra l'individu. Grand et mince, il était vêtu d'un épais manteau de coton noir et d'un pantalon en velours mauve qui lui montait sur les mollets. D'ordinaire, la princesse était douée pour s'inventer une identité. Mais l'esprit entièrement occupé à mémoriser l'étrange symbole peint sur la grosse caisse, elle n'avait pas d'inspiration. Elle échangea un coup d'œil effrayé avec Bérangère, et craignit que sa poupée ne leur attire encore plus d'ennuis avec ses airs de snob et son accent aristocratique.

— Chef! s'écria un autre fonctionnaire du port, nous avons un problème!

Celui qui semblait effectivement superviser le déchargement des caisses oublia aussitôt les deux intruses pour emboîter le pas à son acolyte.

— Que se passe-t-il? s'étonna Éolia.

— Je l'ignore, mais en tout cas, ça nous sauve la mise, rétorqua Bérangère, tout de même outrée d'avoir été molestée par cette brute.

— Suivons-le, décida la fillette.

Elles se taillèrent un chemin entre les épaules dressées et les flancs d'une centaine de badauds, et parvinrent au pied de la tour dominant le port. Les gens observaient un endroit précis au sommet du bâtiment. Éolia et Bérangère levèrent donc la tête et restèrent stupéfaites devant le spectacle.

— C'est Melchisor! balbutia la jeune princesse.

— Oui. La question est de savoir pourquoi il est monté au sommet de cette tour, ajouta la poupée.

Bras tendus à la manière d'un équilibriste, le chevalier avançait en chantant à tue-tête.

— À mort! À mort le drôle! huait la foule.

Cette attraction inattendue semblait mettre un peu de vie dans le quotidien terne du port. Des hommes prenaient des paris. D'autres juraient que le jeune chevalier était malade. D'autres, encore, parlaient d'une demoiselle qui lui aurait brisé le cœur.

— Ces gens sont cruels! se révolta Éolia.

Bérangère tira la fillette par la manche de sa robe.

— Dis, tu te souviendras du symbole peint sur la caisse, n'est-ce pas?

Éolia considéra sa poupée magique avec étonnement.

— Pourquoi est-ce si important?

Mais l'instant d'après, elle perdait l'équilibre et tombait dans l'eau glauque du port, devant l'étrave du *Serpent des mers*. Persuadée qu'un homme portant un masque de diable venait de la pousser, elle hurla d'effroi.

Il faisait noir. Sentant que son dos s'appuyait contre une paroi glacée et gluante, Éolia sursauta. Des odeurs de poubelles lui levèrent le cœur.

— Où suis-je? s'effraya-t-elle.

— Chut!

Je ne me suis pas vraiment réveillée, songea la fillette en frissonnant. *Je fais un nouveau rêve...*

Elle percevait la présence d'inconnus dans l'obscurité humide et nauséeuse. Elle fit un effort sur elle-même et compta au moins cinq ou six autres personnes. Des chuchotements retentirent dans l'espace confiné.

— Vous croyez qu'ils sont toujours là?

— Pour sûr qu'ils y sont!

— Ce sont des rats. Vous pouvez être certains qu'ils ne nous laisseront pas nous en aller.

— Vous avez vu leur nombre!

— Au moins cent.

— Il en sortait de tous les côtés.

— Nous avons eu de la chance...

Que se passait-il? Si la fillette vivait un autre rêve, où donc était Bérangère? Une main osseuse se posa sur son épaule.

— Est-ce que ça va mieux? Tu t'es cogné le front et tu t'es évanouie. Je t'ai portée jusqu'ici.

Peu à peu, elle s'habitua à l'obscurité. La princesse fixa le garçon assis à côté d'elle sur le rebord humide et glissant. Le «plouf» lugubre d'un caillou tombant dans l'eau déchira le silence.

— Quelle honte, tout de même, que nous soyons obligés de nous cacher dans les égouts! se plaignit une autre voix.

L'accent gouailleur de cet homme sembla familier à Éolia. Instinctivement, elle se crispa.

Le garçon qui l'avait sauvée reprit tout bas :

— J'ai tout de suite su que c'était toi. Même si je croyais que tu étais blonde...

Éolia examina encore son interlocuteur, ses pupilles légèrement enfoncées dans les orbites, sa chevelure rousse en bataille. Il sourit. La princesse le reconnut à son tour.

— 5b!

Dans la pénombre, l'adolescent lui serra la main.

— Je suis content de te rencontrer enfin, Poudredor!

Brusquement, la fillette repensa aux derniers événements.

— Monsieur X! bredouilla-t-elle.

— Qui ça? s'enquit la voix de cet adulte qui avait mis Éolia mal à l'aise, tout à l'heure.

Sans doute afin de défendre Éolia, 5b se leva.

— Qui es-tu? gronda-t-il sèche-
ment.

Rassurée que 5b se révèle plus
courageux dans la réalité que dans les
rêves, la fillette soupira. Ce qui ne
l'empêcha pas de frissonner une
seconde plus tard. En effet, que
devenait le colonel?

Oubliant la curiosité de l'homme
inconnu, elle réfléchit au brouhaha
survenu sur l'esplanade près de la
statue. Éolia comprit enfin qu'après la
bagarre, des policiers avaient envahi le

site. « Ils étaient nombreux... Au moins cent... », avait-elle entendu plus tôt.

Monsieur X a dû ameuter tous les policiers de la ville pour me chercher.

D'après les bruits qui semblaient provenir d'au-dessus de leur tête, ils se trouvaient sûrement... D'ailleurs, une des personnes réfugiées ne l'avait-elle pas affirmé ?

Nous sommes dans les égouts...

Une autre voix s'exclama que la police ne tarderait pas à les retrouver.

Éolia se tourna vers 5b.

— Écoute, nous ne craignons rien. Je connais quelqu'un. Je n'ai qu'à l'appeler...

Elle tâta dans la poche de son anorak et sortit son tout nouveau téléphone cellulaire.

— Je n'aime pas trop les policiers, maugréa 5b.

— Je te dis qu'ils ne te feront rien, le rassura Éolia en allumant son appareil et en composant le numéro du portable du colonel.

À cet instant, la flamme d'un briquet illumina l'obscur égout dans lequel ils avaient trouvé refuge.

— Je suis heureux de vous saluer, fit l'homme qui tenait le briquet dans sa main.

Le cœur d'Éolia cessa de battre dans sa poitrine. Elle reconnut le nez proéminent et les paupières tombantes d'Ernest Dagota, le paparazzi qui avait juré de la démasquer !

Après quelques sonneries, le colonel prit l'appel.

— Altesse, c'est vous ?

Éolia éprouva un pincement au cœur, car son ami avait la voix rauque. Néanmoins, elle raccrocha aussitôt et pria pour que le paparazzi n'ait rien entendu. Celui-ci tourna la tête dans sa direction et sembla humer l'air.

Dagota faisait mine de se préoccuper de l'odeur, mais il respirait surtout le fumet familier de la primeur. Il espérait assister à un de ces événements exceptionnels qui peuvent faire la gloire d'un photographe tel que lui.

Le paparazzi détailla chacun des cinq adolescents réfugiés dans le conduit humide : deux jeunes voyous au crâne rasé et tatoué, une jolie Noire aux lèvres pincées, un rouquin hirsute à l'air un peu niais, et cette fillette mal habillée, mal coiffée, dont le bas du visage était trop rond pour avoir l'air naturel.

L'instinct d'Ernest lui criait : «Attention! il y a quelque chose, là, qui mérite qu'on s'y intéresse. »

Ses pupilles alourdies par ses épaisses paupières s'attardèrent encore sur la brunette. L'impression de l'avoir déjà croisée quelque part était si forte qu'il avait du mal à respirer. Une vingtaine de secondes s'écoulèrent en silence.

Tout à coup, une musique aux accents militaires retentit.

— Chut! s'insurgèrent plusieurs voix effrayées.

La jeune Noire et les deux voyous tendirent l'oreille, écoutèrent le martèlement des bottes sur l'asphalte.

Dire que le colonel est juste au-dessus de nos têtes, et que je ne peux rien faire sans que Dagota me découvre! se lamenta Éolia.

— Je reconnais cette musique, fit le paparazzi.

130

Moi aussi, ajouta mentalement la princesse.

Bobby-5b tenait maladroitement dans sa main le lecteur DVD miniature qu'il venait accidentellement de mettre sous tension.

— C'est l'hymne royal, précisa Dagota.

Il approcha son long nez cabossé de l'écran tactile, y contempla la retransmission satellite en direct de la réception donnée au Grand Hôtel Royal en l'honneur des champions de golf.

— Ha! Ha! ricana le paparazzi en identifiant quelques membres de la famille royale filmés par l'équipe de télévision.

L'animateur vedette de la première chaîne de Nénucie commentait le déroulement de l'interview. Fidèle à elle-même, la princesse Sophie était tirée à quatre épingles. Le roi Fernand-Frédérik se montrait aussi courtois et martial que d'habitude. Le prince héritier Henri ne manquait pas, quant à lui, de discuter avec les jolies femmes. La caméra fit un gros plan sur le prince Frédérik et sur sa sœur.

— Éolia, laissa tomber Dagota, l'œil noir allumé par une lueur fiévreuse.

Il prit les autres jeunes à témoin et murmura :

— Cette fillette m'a longtemps obsédé. J'étais persuadé que...

Il s'interrompit, prit un air songeur...

... que je mène une double vie et que je me paie sa tête ! termina en pensée la princesse déguisée.

Dagota fit claquer sa langue de dépit et reprit, dévisageant chacun d'entre eux à la lueur de son briquet :

— Qui parmi vous veut devenir célèbre ?

Devant l'indifférence et, même, la méfiance générale, il ajouta :

— Je suis Ernest Dagota, photographe pour plusieurs journaux. Je suis aussi journaliste. J'ai décidé d'écrire une série d'articles, avec photos à l'appui, sur le sort des jeunes drogués. Ceux qui sont rejetés par tout le monde, ceux qui sont désespérés.

Éolia se retint de rire. Vraiment, Dagota n'était pas psychologue pour un sou! Il les traitait tous de rebuts de la société et il s'attendait à ce qu'ils se montrent coopératifs.

— Je peux vous aider! insista le paparazzi, sentant qu'il avait commis un impair.

Un grincement sinistre retentit au-dessus de leur tête.

— Les flics! s'énervèrent les deux voyous au crâne rasé.

5b éteignit son lecteur DVD et se pencha vers Éolia.

— Je voulais te voir au sujet de Melchisor. Il est au plus mal...

La fillette se rappela son dernier rêve. Son esprit s'arrêta sur l'image du chevalier en train de braver le vide, au sommet de la tour du port de Dorance.

— Je sais où il est, poursuivit Bobby-5b alors qu'un filet de jour commençait à se frayer un chemin jusqu'à eux.

— Ils descendent, souffla la jolie fille noire en se levant d'un bond.

5b l'imita.

— Je sais où aller pour échapper à la police, murmura-t-il. L'endroit s'appelle la caverne des enfants du ciel.

Il prit le bras d'Éolia et la tira.

— Je vous suis, décida Ernest Dagota en leur emboîtant le pas.

Deux minutes plus tard, le colonel de la garde surgissait tel un lion dans le conduit de l'égout...

8

La caverne
des enfants du ciel

Que devenait Monsieur X? Comment Mélanie s'en sortait-elle avec la réception donnée par le maire de Massora en l'honneur des champions de golf?

Tirée par 5b le long de trottoirs sordides, Éolia était tourmentée par toutes ces questions. Après avoir longtemps marché dans les égouts, ils étaient ressortis par une grille et un escalier. Un moment aveuglée par la lumière du jour, Éolia avait d'abord été incapable de se repérer.

Loin derrière un rideau d'arbres maigrichons s'élevaient les bâtiments gris en béton du port de Massora. La fillette jeta un coup d'œil par-dessus son épaule et entraperçut le flanc de colline sur lequel était érigée l'esplanade des Tambours.

Le boulevard enfumé qu'ils remon-taient était bordé d'usines et de bâtiments rectangulaires dont les murs étaient ornés de nombreux graffitis.

— C'est encore loin? s'enquit Ernest Dagota, qui boitait et se plaignait que des cailloux étaient entrés dans ses chaussures.

Éolia sentait que des arachides grillées écrasées étaient prises entre ses dents et son faux dentier, et cet inconfort s'ajoutait à sa nervosité. De plus, 5b ne cessait de lui envoyer des regards gênés. À croire qu'il se demandait si elle pouvait vraiment, ainsi que le lui avait affirmé l'Ambassadeur, l'aider à libérer son ami Melchisor. Agacée par le frottement des noix contre son palais, la fillette se débarrassa discrètement du dentier.

Elle reporta ensuite son attention sur ce qui se passait autour d'elle. Ce quartier populeux où les gens ne se saluaient même pas en se croisant ne lui disait rien qui vaille. Quelle différence avec les beaux endroits situés près du palais royal ou de l'avenue Frédérik Premier !

Se rendant compte qu'elle était loin de connaître sa propre ville, la jeune princesse éprouvait un mélange de honte et de peur.

Où est le colonel ? Que fait-il pour me retrouver ?

Elle chercha une voiture qui pourrait ressembler aux Fiat utilisées par les services secrets, mais vit plutôt quelques véhicules et gros camions qui faisaient trembler l'asphalte.

5b fit une grimace au paparazzi. Éolia comprit que le garçon se méfiait également d'Ernest. Elle serra la main de l'écuyer de ses rêves et lui demanda à mi-voix, pour que Dagota-pot-de-colle n'entende pas :

— Tu sais vraiment où se trouve Melchisor ?

Bobby-5b sourit nerveusement, mais ne répondit pas.

De quoi avaient-ils l'air aux yeux des autres passants ? Une fille noire aussi méfiante qu'une marmotte, un homme bavard, un rouquin efflanqué, deux voyous chauves portant des tatouages sur le crâne et des anneaux dans le nez. Et, pour finir, une fillette déguisée qui regrettait plus que jamais l'absence de ses gardes du corps !

Une odeur d'œuf pourri mettait Éolia au supplice. La pestilence des égouts avait-elle imprégné ses vête-ments ? Dagota parlait de la manière dont il allait les rendre célèbres grâce à l'article qu'il projetait d'écrire. Déjà, il les accablait de questions sur leur famille, sur le drame qu'ils avaient forcément vécu pour échouer dans la rue.

« Pourquoi vous êtes-vous enfuis de chez vous ? » « Avez-vous consommé de ces capsules roses ? »

Il était tellement « pot-de-colle » qu'Éolia fut soulagée quand, parvenus devant un grand HLM[2] désaffecté, 5b leur annonça qu'ils étaient arrivés.

La fillette posa une main sur un muret de béton froid et détailla les bâtiments voisins. Quelques rideaux décoraient les fenêtres, du linge pendait à des cordes.

Mais je ne vois aucun pot de fleurs sur les balcons, se dit-elle, comme si l'absence de géraniums ou de plantes vertes était le signe d'un lieu déserté par la vie et l'amour.

Dagota aussi semblait surpris.

Les grillages alentour étaient rouillés, des jeunes jouaient devant les HLM. Des poubelles attendaient, sans doute depuis quelques jours, que l'on vienne les ramasser. Des gens vivaient donc dans ces lugubres blocs de béton !

5b les entraîna vers une des entrées. Éolia remarqua les dalles craquelées entre lesquelles poussaient des mauvaises herbes. Les boîtes à lettres de l'immeuble étaient toutes

---

2. Projet d'habitation à loyer modique.

défoncées. Le groupe descendit un escalier en ciment, et Éolia dut prendre garde de ne pas déraper sur des sacs de croustilles vides et sur des canettes de boissons gazeuses écrasées. Une forte odeur de cigarette et d'herbes âcres monta à ses narines.

La jeune princesse se retourna dans l'escalier et aperçut, par une fenêtre sans carreaux, la rue et des voitures. Monsieur X se trouvait-il à bord de la Fiat des services secrets ? Patrouillait-il le long de ce boulevard où des garçons jouaient avec de vieux pneus de camions ?

Dire que j'ai mon cellulaire super perfectionné dans ma poche, et que je ne peux même pas m'en servir !

Si seulement elle pouvait s'éloigner un instant de Dagota-pot-de-colle afin d'allumer son téléphone portable et d'appeler le colonel au secours !

Cette pensée la figea sur place durant une fraction de seconde.

Mais rien, encore, n'était vraiment dramatique. L'Ambassadeur de lumière se trouvait sûrement à ses côtés. Car c'est lui, après tout, qui l'avait envoyée à la recherche de 5b.

Et Bobby la menait à Melchisor. Si elle se rapportait à ses derniers rêves, entre autres aux enfants habillés en jeans et aux malaises dont avaient été victimes le chevalier et Charlotte, ces deux garçons devaient en savoir long sur le trafic de drogue pratiqué dans les écoles de Nénucie.

En fait, se rassura-t-elle, *ma mission se déroule tel que prévu.*

Cette constatation l'aida à reprendre courage. Elle se demandait pourquoi le paparazzi ne la laissait pas tranquille, quand après avoir descendu d'interminables volées de marches d'escalier, ils débouchèrent sur un hall transformé en dortoir.

— C'est ici, la caverne des enfants du ciel? s'enquit Dagota, quelque peu déçu.

5b semblait enfin plus à son aise. À croire que cet endroit étriqué et malodorant constituait pour lui une sorte de repaire ou d'abri. Sans répondre au paparazzi, il hocha la tête.

Le photographe se tourna vers Éolia :

— Tu connais cet endroit, Christelle?

Ce prénom, qu'elle avait pourtant choisi afin de protéger son identité, la fit sursauter. Elle contempla le profil ingrat de Dagota et se félicita d'avoir pu, jusqu'ici, réprimer son envie de faire demi-tour. Car ce lieu ressemblait à s'y méprendre à un des décors de son rêve de mercredi à jeudi.

Gressel et moi, montées sur une jument, nous arrivions dans une sorte de cité grise aux murs noircis de graffitis. Il y avait des détritus et des restes de nourriture partout. On sentait que des gens vivaient là, mais on ne les voyait pas. Il y a eu un tremblement de terre. Avec 5b et Melchisor, nous étions sur la piste de la poudre maléfique...

La princesse déguisée compta une quarantaine de jeunes et de moins jeunes, misérablement vêtus, le teint souffreteux, allongés sur des paillasses. Des mégots de cigarettes mal éteints continuaient à se consumer sur le sol de ciment semé de poussière et de gravats.

Marchant au milieu de ce dortoir souterrain, 5b allait d'un groupe à un autre. Dagota et Éolia suivaient, tandis que leurs trois autres compagnons se coulaient de leur côté et disparaissaient dans la pénombre.

La fillette observa les murs défraîchis, les fenêtres évidées dont certaines étaient condamnées par des planches de bois grossièrement clouées. Son pied heurta soudain une seringue en plastique.

Dagota se rapprocha d'elle et marmonna que cet endroit, déclaré insalubre par la ville, allait sûrement bientôt être rasé.

— Le reste de cette cité-dortoir mal famée aussi, ajouta-t-il entre ses dents.

Éolia sentait monter en lui une sorte d'exaltation.

Il flaire un bon scandale à révéler au public !

Elle s'efforça de repérer 5b, qui devait être en train de chercher Melchisor.

Soudain, un groupe entra par le même escalier qu'eux. Le sang d'Éolia

se glaça dans ses veines, et elle se cacha aussitôt derrière une colonne.

— Qu'y a-t-il? demanda stupidement Dagota en la rejoignant.

La fillette avait les lèvres qui tremblaient.

Les trois hommes traversèrent le hall sans se soucier des jeunes drogués, allongés et fiévreux sur leurs couches de draps sales.

Soudain, par une étrange association d'idées, Éolia comprit la signification du nom donné par les jeunes eux-mêmes à ce lieu. Les fugitifs n'étaient-ils pas, à leur façon, des anges tombés du ciel? Et cet endroit une sorte de caverne maudite?

— Celui avec une cape noire et un masque, remarqua Dagota, le connais-tu? Est-ce votre chef?

La fillette fit la sourde oreille, et ce silence agaça le paparazzi. Mais Éolia pouvait-elle lui révéler que cet homme, entouré de ses sbires, n'était autre que le pilleur de rêves?

Prise d'une impulsion subite, Éolia décida de suivre le pilleur. D'ailleurs, elle n'était pas la seule. Dès l'arrivée de l'homme masqué, une dizaine d'adolescents s'étaient levés sans bruit.

Dagota la retint par l'épaule.

— Crois-tu que c'est prudent?

— Restez ici si vous avez peur! rétorqua Éolia qui venait, finalement, d'identifier l'odeur qu'elle respirait depuis qu'ils avaient quitté les égouts.

Bien décidée à semer ce paparazzi de malheur qui empestait le dessous de bras, elle se faufila entre les adolescents. Ils montèrent deux larges marches d'escalier et se retrouvèrent bientôt dans une longue pièce étroite aux murs gribouillés de graffitis et au sol de béton semé de pages de journaux noircis. L'endroit fut soudain illuminé par quatre ampoules dénudées qui pendaient du plafond.

Une planche de bois montée sur un tréteau avait été installée au fond de la pièce. Le pilleur s'installa derrière. Ses deux gardes du corps restèrent postés près de la porte d'entrée. Éolia perçut sans peine que ces hommes étaient des truands vêtus en civil.

Nous sommes pris au piège! s'effraya-t-elle en regrettant de s'être ainsi jetée dans la gueule du loup.

Elle serra dans sa poche le métal à la fois froid et doux de son téléphone cellulaire. En cas de danger, il lui serait toujours possible d'appeler le colonel...

Le pilleur de rêves leva les mains au-dessus de sa tête pour réclamer l'attention de tous. Aussitôt, les voix se turent et un silence pesant tomba dans la pièce.

— Mes jeunes louveteaux, déclara solennellement l'homme masqué, le moment que nous attendions est arrivé.

Il fit une pause théâtrale, puis il sortit de sous sa longue cape deux poignées de capsules roses.

— À dix-huit heures, ce soir, nous prendrons possession d'une énorme quantité de bonbons. Ensuite, nous les acheminerons jusqu'ici.

Il se pencha, ouvrit une longue mallette, y dénicha une carte de la Nénucie qu'il déplia et colla contre le mur avec des morceaux de gomme bleue.

— Vous vous souvenez de ce que j'attends de vous?

Un murmure d'assentiment s'éleva dans la longue pièce étroite.

Éolia plissa les paupières pour mieux voir. Elle détailla la carte, ainsi que les points rouges, les croix vertes et les carrés jaunes qui la coloraient en divers endroits. Elle remarqua que la ville de Massora était littéralement barbouillée de rouge.

— Je comprends, lui souffla Dagota. Cet homme est le chef des dealers de drogue, et vous êtes ses distributeurs.

Le pilleur de rêves reprit d'une voix impérieuse:

— Chacun d'entre vous recevra une quantité de sachets, que vous remettrez à vos propres troupes.

Éolia n'en revenait pas. Cette conférence ressemblait tant à un discours militaire qu'elle ne put s'empêcher de frissonner.

— Tous ces bonbons devront être distribués gratuitement.

Cette fois-ci, un brouhaha étonné s'éleva.

— Gratuitement, répéta l'homme masqué en haussant le ton. Ensuite, seulement, nous les ferons payer...

Il poursuivit en assurant aux jeunes présents qu'ainsi, ils deviendraient aussi riches et respectés que lui. Qu'ils pourraient se sortir de la misère et bien profiter de leur nouvelle vie.

— Le pourri! laissa tomber Dagota.

Mais Éolia n'était pas dupe. S'il méprisait le vendeur de drogue, Dagota calculait surtout les retombées, en argent et en gloire personnelle, que lui vaudrait son reportage.

Le pilleur de rêves livrait ses dernières recommandations quand le paparazzi attira l'attention des deux gardes du corps.

— Que faites-vous? s'indigna Éolia en voyant qu'Ernest tenait dans sa main un mini appareil photo numérique.

Dagota lui jeta un regard perçant.

— Qu'est-ce que tu crois? Mais pas d'inquiétude: j'ai éteint le flash et il ne fait aucun bruit!

Un des sbires saisit tout de même Dagota par le col de son manteau.

— Je te reconnais! s'exclama le colosse.

La fillette, qui se tenait dans l'ombre du paparazzi, pria pour ne pas être découverte à son tour.

Hélas, le second malfrat s'approcha d'elle...

— Toi, on ne t'a jamais vue ici!

9

La puce
providentielle

La scène se déroula au ralenti,
comme lorsqu'on vient de recevoir un
coup sur la tête et que les gens autour
ressemblent à des bonshommes des-
sinés. Éolia vit Dagota tirer la langue.

Le paparazzi s'arracha à la poigne
du garde du corps en costume civil,
et se rua vers la porte. Saisis de

surprise, les jeunes drogués le dévisagèrent. Debout derrière sa table, le pilleur de rêves semblait impassible. Éolia crut voir ses fausses cornes en velours mauve tressaillir, mais sans doute était-ce l'effet de son imagination.

L'homme de main rattrapa Dagota en trois enjambées et l'agrippa au collet. Éolia profita de cet instant pour franchir le seuil de la porte.

Le cœur au bord des lèvres, les tempes en feu, elle tenait sa perruque sur sa tête, car son postiche menaçait de glisser. En atteignant le vaste hall souterrain planté de colonnes de béton, elle crut rêver.

La salle n'était plus sombre, mais illuminée. Des malades toussaient encore ou étaient allongés à même le sol, mais ils s'étaient poussés de manière à dégager une large allée centrale. Que s'était-il passé?

Encore sous le coup de l'émotion, la fillette vit derrière elle Ernest gigoter sous la poigne du garde du corps. Le photographe mordit l'homme, qui le relâcha enfin. Dagota fonça ensuite tout droit sur un groupe de jeunes. Éolia eut l'impression de reconnaître parmi eux les deux voyous rasés et tatoués qui les avaient accompagnés, mais elle n'en était pas certaine. Entraîné par son élan, le paparazzi tomba dans leurs bras à la manière d'un mannequin désarticulé.

Un ordre bref fusa :

— Halte !

Terrorisée, Éolia anticipa l'arrivée des malfrats à ses trousses. Une exclamation de surprise s'éleva. Elle se retourna brièvement et vit 5b, qui faisait un croc-en-jambe à un des gardes du pilleur de rêves.

— J'ai entendu ce qui s'est dit dans la salle, lui lança Bobby en haletant.

Sans même s'en apercevoir, Éolia laissa tomber sa perruque et courut vers l'escalier qui conduisait au rez-de-chaussée de l'immeuble.

Ce qu'ajouta Bobby la cloua sur place.

— Melchisor ! s'exclama-t-il en s'arrêtant net devant un des garçons allongés.

Il s'accroupit près du jeune blond. Éolia se figea, elle aussi, et songea que

Melchisor était dans la réalité non pas un chevalier, mais l'ami de Bobby.

Elle s'approcha des deux garçons. La blondeur et la régularité des traits du chevalier étaient les mêmes que dans ses rêves, sauf qu'il paraissait plus âgé.

Il a l'air si malade! s'attrista-t-elle. *Mais que faire?*

— Bobby, murmura Melchisor en clignant nerveusement des paupières sans reconnaître la fillette.

— Il faudrait le conduire à l'hôpital, proposa Éolia.

Mais, déjà, le garde du corps qui était tombé se relevait, et son acolyte franchissait à son tour le seuil de la porte. Pendant une fraction de seconde, la jeune princesse et le pilleur de rêves se dévisagèrent.

Puis elle se détourna et tressaillit, car des ombres avançaient vers elle. Ces silhouettes dégringolaient l'escalier et grandissaient, grandissaient...

— Halte! répéta la même voix que tout à l'heure sur un ton sec.

Deux bras se refermèrent sur la fillette. Une cape lui recouvrit la tête.

— Chut! Chut! lui murmura-t-on en resserrant l'étreinte autour de sa cage thoracique pour qu'elle cesse de s'agiter. C'est moi, c'est moi...

Ne pouvant rien voir, Éolia se mordit la langue pour ne pas hurler de terreur. Des bruits de pas résonnaient sur le béton. Des sirènes retentissaient à l'extérieur du bâtiment. Convaincue qu'on cherchait à la kidnapper, la fillette écrasa le pied de son agresseur. Alors, celui-ci chuchota à son oreille :

— Altesse! Votre Altesse!

Un pan de cape glissa de sa figure, et Éolia reconnut enfin le colonel de la garde. Sa frayeur tomba d'un seul coup, ses muscles se détendirent instantanément. Monsieur X en profita pour la soulever dans ses bras.

Avec un seul œil, la princesse découvrit, éberluée, une dizaine de soldats royaux en train de maîtriser les deux gardes du corps du pilleur de rêves, mais aussi quelques jeunes excités. Les flashes presque aveuglants qu'Éolia avait remarqués en sortant de la salle de conférence provenaient en fait des projecteurs portatifs que brandissaient les soldats.

— La police est dehors, la rassura le colonel. Des ambulances sont également en route.

La bouche d'Éolia était desséchée. Pourtant, en quelques mots hachurés, elle trouva la force de mettre l'officier au courant de l'affreux discours qui venait d'être prononcé dans la pièce d'à côté.

Le colonel vit débouler une douzaine de policiers vêtus de gilets pare-balles et de casques antiémeutes. Il sembla reconnaître l'inspecteur en chef qui vint directement à lui. Ils échangèrent le traditionnel salut militaire.

— Leur leader est dans la pièce du fond, se contenta de déclarer le colonel.

Il donna ensuite l'ordre à ses propres hommes de vider les lieux. Dagota marcha vers eux en arborant son habituel regard glauque et scrutateur. Agacée, Éolia se cacha de nouveau sous la cape du colonel.

— Qu'est-ce que cela signifie? demanda le paparazzi. Je vous reconnais, vous êtes le chef des gardes du palais royal!

Le colonel fit volte-face avec son fardeau dans les bras sans daigner lui répondre.

— Attendez! se récria Dagota. Cette fillette est...

Mais les mots s'étranglèrent dans sa gorge. La colère et la frustration agrandissaient encore ses orbites. S'il soupçonnait que l'enfant et Éolia n'étaient qu'une seule et même personne, il n'avait aucune preuve et pas la moindre photo.

— Melchisor, murmura Éolia tandis qu'ils remontaient l'escalier.

— Rassurez-vous, les ambulanciers vont le conduire à l'hôpital.

Ce n'est que lorsqu'ils regagnèrent l'entrée principale qu'Éolia fut à même de poser la question qui lui brûlait les lèvres.

— Comment avez-vous fait pour me retrouver?

Le colonel la déposa sur le siège arrière de la Fiat des services secrets, et lissa sa moustache.

— Votre nouveau téléphone cellulaire, princesse.

La fillette haussa un sourcil étonné.

— Ce modèle est équipé d'une puce GPS, poursuivit l'officier.

Éolia avait déjà entendu parler de cette technologie qui permettait de repérer quelqu'un par satellite.

— Oui, mais je l'avais éteint à cause de Dagota-pot-de-colle!

— C'est la raison de mon retard, expliqua le colonel. J'ai dû faire pression sur les techniciens de notre distributeur téléphonique pour qu'ils activent la puce à distance.

Ainsi donc, des gens pouvaient savoir où vous étiez en tout temps sans que vous en soyez informés! Éolia hésitait entre l'inquiétude et l'exaltation.

Le colonel sembla comprendre son angoisse. Il allait ajouter quelque chose quand l'inspecteur en chef vint le rejoindre, la mine sombre.

— Il nous a échappé, grinça le policier. Mais mes hommes ont cerné le périmètre.

— Le pilleur de rêves? s'étonna Éolia.

Le colonel hocha la tête. L'inspecteur poursuivit:

— Il y avait une porte dérobée au fond de la salle. Si jamais il nous file entre les doigts pour de bon...

Le policier poussa un soupir de découragement.

Le colonel savait que les médias et l'opinion publique harcelaient la police à cause de ce trafic de drogue pratiqué dans les écoles. Le ministre de la Justice lui-même était la risée de tous les éditoriaux du pays, et des animateurs radio bien connus se posaient des questions sur l'efficacité de la gendarmerie.

Éolia tira le colonel par la manche.

— Monsieur X?

— Oui, Altesse?

À ce mot, l'inspecteur en chef tendit le cou, scruta les traits de la fillette et faillit s'étrangler de stupeur.

— Je sais où est allé le pilleur de rêves, chuchota la princesse.

Le colonel s'assit à côté du chauffeur de la Fiat des services secrets et demanda à l'inspecteur de leur ouvrir le chemin avec quelques voitures de patrouille. Il se tourna ensuite vers Éolia:

— Je vous fais confiance, Altesse.

Une silhouette dégingandée se plaça devant le pare-chocs.

— 5b! s'exclama la fillette.

— Laisse-moi venir avec toi.

Elle ouvrit sa portière et fit monter le jeune fugueur.

Parmi la foule de voisins, de drogués, de policiers et de badauds, Ernest Dagota serra les mâchoires.

La princesse s'est encore une fois moquée de moi!

Dans ses mains, il tenait la perruque égarée par la fillette.

En ces instants de frustration, le paparazzi ne songeait plus à l'article qu'il comptait écrire sur la consommation de drogues chez les préadolescents de Nénucie. Sa vieille obsession de démasquer une fois pour toutes cette petite intrigante royale qui le tournait en ridicule revenait au galop.

Apercevant une des motos de la police, Ernest eut une idée. Il inspira profondément, s'approcha du bolide... et mit son plan à exécution.

10

Bonnet vert
ou bonnet rouge

— **Ê**tes-vous certaine de ce que vous avancez, Altesse ? s'enquit le colonel tandis que la Fiat bondissait sur le boulevard à la suite de deux voitures de police.

Éolia s'attendait à cette question. Aussi fit-elle à son ami le récit du rêve qu'elle avait vécu juste après la bagarre qui avait eu lieu sur la scène de l'esplanade des Tambours.

Assis aux côtés de la fillette à l'arrière du véhicule, 5b écoutait avec une curiosité et un intérêt croissants. Ainsi, Poudredor était... la princesse Éolia de Nénucie! *Je me disais aussi que Poudredor était blonde, dans mes rêves!*

Le jeune Bobby gardait en effet quelques souvenirs de ces songes où il était déguisé en écuyer. Mais en entendant parler Éolia, il découvrait à quel point la fillette était douée pour se rappeler ses rêves. Et avec une telle précision! De temps en temps, la princesse se tournait vers lui pour demander: «C'est bien de cette manière que ça s'est passé?»

5b se souvenait vaguement de leur quête: chercher la formule de la poudre détenue par le pilleur de rêves. En se réveillant, cette nuit, il savait qu'il avait fait une brève mais fascinante rencontre avec un clown – celui qu'Éolia appelait l'Ambassadeur de lumière.

— Oui, approuva-t-il en réponse à une question de «Poudredor», un clown m'a affirmé que Melchisor était en danger de mort et que tu pouvais m'aider à le sauver.

L'homme sombre à moustache qui était assis à côté du conducteur restait pensif. 5b n'aimait pas les policiers, et ce Monsieur X ne semblait pas plus sympathique que ses collègues.

Pourtant, l'officier lança une remarque qui le prit par surprise.

— C'est tout de même extraordinaire!

Ainsi, songea 5b, *ce colonel croit en ce que lui raconte la princesse!* C'était bien la première fois qu'il faisait la connaissance d'un adulte aussi ouvert à la fantaisie et à l'irrationnel. Le rouquin sourit intérieurement. Ce Monsieur X, décidément, remontait dans son estime.

La Fiat quitta le quartier des HLM et se dirigea vers l'embranchement conduisant à l'autoroute royale 1, qui suivait l'axe nord-sud du fleuve Acrynoss.

— Êtes-vous certaine que ce port vu en rêve n'est pas celui de Massora? interrogea l'officier.

— Certaine, Monsieur X. Je voyais la mer.

L'homme à moustache se tourna vers Bobby pour guetter sa réaction. Honnêtement, ce détail avait échappé au garçon roux.

— Et vous m'assurez que ce pilleur de rêves a déclaré, dans la salle de conférence, qu'il prendrait possession de la drogue à dix-huit heures, aujourd'hui!

Le colonel consulta sa montre et ajouta qu'il leur restait presque trois heures.

— Aujourd'hui, répéta Éolia. Exactement six jours après mon rêve de lundi soir où l'Ambassadeur m'a annoncé la venue d'un événement grave!

— Dorance n'est qu'à vingt minutes de voiture, reprit le colonel. Nous aurons amplement le temps de procéder à l'arrestation de toute la bande.

Il se retourna brusquement.

— Altesse, poursuivit-il en tendant à la fillette son téléphone cellulaire, il est temps de donner signe de vie à votre grand-père qui se meurt d'inquiétude.

Le roi, songea 5b, impressionné. *Elle va parler au roi...*

Jamais, dans ses rêves les plus fous, Bobby n'avait un jour songé que lui, adolescent fugueur et drogué, monterait dans une voiture en compagnie de la princesse Éolia et du chef des services secrets.

La fillette rassura son grand-père et sa grand-mère, qui se trouvaient au Grand Hôtel Royal en compagnie de Mélanie, toujours déguisée en altesse royale.

5b sentit qu'Éolia était heureuse de le rencontrer « pour de vrai ».

— J'espère que ton ami Melchisor va pouvoir être soigné, souffla-t-elle.

Bobby s'assombrit. Avait-il des doutes à ce sujet ? La Fiat filait toujours sur l'autoroute en direction de Dorance. Les deux voitures de police leur faisant escorte forçaient le trafic urbain à quitter la voie de dépassement afin de les laisser passer.

Pour le colonel, cette affaire prenait d'énormes proportions et ne concernait plus seulement le sauvetage de quelques jeunes drogués ayant besoin de soins médicaux. S'il avait bien compris ce qu'Éolia venait de lui expliquer, la bande de trafiquants distribuant des capsules à base de substrak dans les écoles du pays était sur le point de réceptionner une grosse quantité de ces bonbons hallucinogènes.

Et nous allons les coincer grâce aux rêves de la princesse!

La chose semblait si exaltante qu'il en restait encore pantois d'étonnement.

Dehors, le ciel virait au gris. D'épais nuages de pluie menaçaient de crever. La température aussi avait chuté, et la Bora, le vent venu du nord, soufflait des hauts sommets.

Éolia et 5b discutaient avec enthousiasme à l'arrière de la Fiat. Intrigué, le colonel imposa le silence à ses propres pensées concernant la manière d'épingler ce « pilleur de rêves », et écouta avec attention.

— Tu as connu Melchisor dans les sous-sols du HLM? demandait la fillette.

5b approuva et se mit à raconter, d'une voix rendue sourde par l'inquiétude:

— Je venais d'arriver. C'était l'hiver, il neigeait. Trois jeunes me sont tombés dessus. Il y avait une vingtaine de témoins autour. Lui seul s'est interposé pour me sauver...

Le chevalier Melchisor s'appelait en vérité Benoit Montoux. Il était âgé de seize ans et avait quitté sa famille dix-huit mois plus tôt. Depuis, il vivait dans la rue en commettant de menus larcins et même des vols de voitures. Cela faisait maintenant presque un an qu'il avait été initié à la drogue par le pilleur de rêves.

— Benoit veut entrer dans la bande et devenir distributeur. Pas moi.

Éolia hésita avant de poser une question qu'elle jugeait personnelle, mais qui la démangeait.

— As-tu pris de ces capsules roses, toi aussi?

Bobby-5b baissa la tête. Il avoua que oui, et qu'il en consommait de plus en plus. Il en avait besoin, il ne pouvait plus s'arrêter.

— Mon garçon, le prévint le colonel sur un ton tranchant, sache que le substrak contient des produits chimiques qui détruisent les cellules du cerveau. Ça peut te paraître anodin et sans importance à ton âge, mais ces cellules ne se régénèrent jamais plus.

Il ne l'expliqua pas, mais 5b comprit que le colonel considérait qu'avoir toute sa tête était un excellent moyen de faire son chemin dans la vie.

Petit à petit, Éolia amena Bobby à parler de lui et de sa famille.

— Ton père est vendeur de meubles pour une grosse compagnie? s'émerveilla la fillette.

— Il travaille beaucoup, approuva l'adolescent. En plus, il est séparé de ma mère, alors je ne le vois pas souvent. Il vient, il donne de l'argent, il repart.

Exactement ce que prétendait le mendiant de ce matin, se rappela le colonel. Mais, songeant aussi que le salaire d'un vendeur de meubles ne permettait pas vraiment de se payer une villa aussi splendide que celle qu'il avait vue, il se rembrunit. Un détail clochait dans le récit du garçon, mais il ne savait pas quoi – ce qui le tracassait énormément.

Éolia poursuivait :

— Tu rates l'école et tu fréquentes des bandes...

5b approuva encore une fois, la mine basse. Il n'en était pas fier. Il faisait semblant de se rendre à l'école privée que son père payait pour lui fournir ce qu'il appelait une « éducation parfaite », mais en réalité il allait flâner dans les bas quartiers. Il fumait et buvait, oui, et...

— Mais ce sont mes affaires à moi! ajouta-t-il en jetant un bref coup d'œil à l'officier.

Éolia s'excusa, car elle trouvait impoli de se montrer si indiscrète. 5b s'excusa à son tour pour son emportement.

Pauvre garçon, soupira le colonel. *Quand on pense qu'il y en a des milliers comme lui aux quatre coins du monde !*

Les voitures de police quittèrent l'autoroute et bifurquèrent sur une route nationale bordée de motels et de restaurants bon marché. Par les vitres entrouvertes, Éolia inspira une forte odeur marine qui lui rappela plus encore chaque détail de ses rêves. Un ruban de mimosas leur souhaitait la bienvenue à Dorance, la plus grosse ville côtière de Nénucie.

Soudain, alors que les étraves des premiers navires marchands étaient en vue, la Fiat fit un violent écart.

— J'ignorais que nous étions également escortés par une moto de la police! s'étonna le colonel.

Éolia jeta un œil par la lunette arrière.

— Ce n'est pas un policier, c'est Dagota-pot-de-colle! s'exclama-t-elle en baissant la tête.

Un éclat de lumière jaillit, puis un autre.

— Il nous prend en photo!

Le conducteur effectua un nouveau tête-à-queue, ce qui fit klaxonner les véhicules roulant autour d'eux.

— Semez-le! lui ordonna le colonel.

Bobby avait l'air hébété.

— Si Dagota publie ces photos, le prévint la fillette, tout le monde saura que je ne me trouvais pas à la conférence avec mes grands-parents.

Soudain, Éolia vit la moto de police s'incliner sur le flanc. L'instant d'après, la grosse cylindrée quitta la chaussée pour rouler sur l'accotement.

— Un de ses pneus a dû éclater, commenta Monsieur X.

Dagota faillit perdre le contrôle de son engin et s'arrêta en catastrophe après avoir rebondi sur de gros cailloux.

Le colonel changea d'avis et décida de faire demi-tour. Éolia le regarda avec des yeux ronds.

— Dagota a pris des photos compromettantes, laissa-t-il tomber en guise d'explication.

Devant, les voitures de police s'arrêtèrent également et firent marche arrière pour rejoindre la Fiat.

Le colonel descendit de voiture et se précipita sur le photographe. S'emparant de son appareil numérique, il le fracassa contre un rocher.

— Vous n'avez pas le droit! s'insurgea Dagota.

— Le palais royal se fera un plaisir de vous en acheter un autre, ironisa l'officier.

Mais Dagota ne s'avoua pas vaincu pour autant. Écumant de rage, il apostropha l'inspecteur en chef qui arrivait en courant :

— Il a brisé mon appareil ! Il veut museler la presse ! Faites quelque chose !

L'inspecteur avait l'habitude de traiter avec les paparazzis.

— Mais bien sûr que nous allons faire quelque chose, monsieur Dagota, répondit-il sur un ton mielleux.

Agréablement surpris que l'inspecteur le connaisse par son nom, Ernest ajouta que le geste du colonel méritait de sévères sanctions. Que c'était illégal d'empêcher un honnête photographe de faire son métier. Et qu'à son avis, informer le peuple de Nénucie des manigances de la petite princesse était son devoir de citoyen.

— Car elle ne se trouve pas auprès du roi et de la reine, enchaîna hargneusement le paparazzi, elle est là ! Dieu sait comment, d'ailleurs ! Mais c'est un fait. Et si cet homme n'avait pas brisé

172

mon appareil, je pourrais le prouver, et l'écrire, et le faire savoir à tous. Et...

Mais il n'eut pas le loisir de poursuivre qu'il était derechef menotté et poussé vers les véhicules de police.

— Que... que... mais que faites-vous? bredouilla Ernest, aussi blanc qu'un linge.

— Monsieur Dagota, lui annonça poliment l'inspecteur en chef, figurez-vous que les lois de notre pays punissent le vol de moto.

Le paparazzi ouvrit tout grand la bouche, mais ne trouva rien à ajouter.

Dans la Fiat, Éolia se retenait de rire. Lorsque le colonel revint s'asseoir, la princesse recouvra son calme et demanda:

— Vous vous arrangerez pour qu'il n'ait pas trop d'ennuis, quand même, n'est-ce pas?

Monsieur X lui adressa un clin d'œil.

— Rassurez-vous, je sais que monsieur Dagota nous a aidés par le passé[3]. Je demanderai à l'inspecteur

---

3. Voir *Matin noir dans les passages secrets*, du même auteur, dans la même collection.

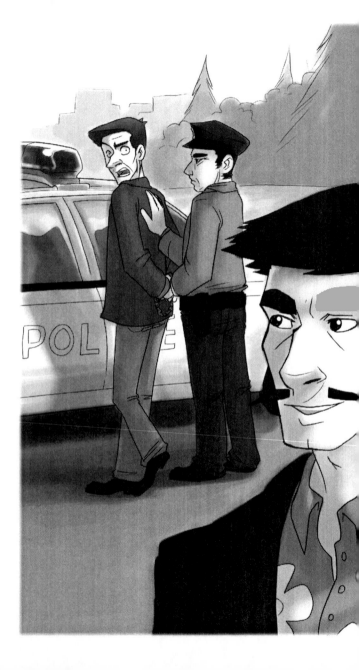

de le libérer une fois arrivé à Dorance. Mais que ça lui serve de leçon!

Le conducteur de la Fiat démarra sur les chapeaux de roue.

— Et maintenant, ajouta le colonel, assez perdu de temps!

Il avait hâte d'arriver au port. Inexplicablement, un détail le gênait dans cette affaire.

Peut-être les choses se déroulent-elles trop bien!

Il pesta intérieurement, car il se laissait emporter par sa manie de tout dramatiser. Mais sa nature, son instinct n'avaient-ils pas souvent raison?

La capitainerie du port de Dorance était un modeste bâtiment doté d'une large baie vitrée donnant sur les quais et les monstres d'acier qui arrivaient de nombreux pays du monde.

Le nez collé aux fenêtres, Éolia cherchait par delà la pluie battante à lire le nom des bateaux déjà amarrés. Un violent orage avait éclaté peu avant leur arrivée. Heureusement qu'Éolia s'était munie, avant son départ du palais royal ce matin, d'un anorak pourvu d'une large capuche.

Même sans ma perruque, je reste incognito! se réjouit la fillette en tournant le dos aux hommes rassemblés dans le bureau.

Monsieur X avait eu la présence d'esprit de demander à l'inspecteur ainsi qu'à la brigade antidrogue de ne pas investir le port en force.

«Il ne faut surtout pas alarmer le chef des trafiquants!» avait-il insisté.

Il souhaitait une arrestation en douceur et, surtout, à l'insu des journalistes qui risquaient de faire déraper toute l'opération.

Tandis que les hommes discutaient, Éolia et 5b se tenaient à l'écart. Ennuyée de ne pouvoir bien déchiffrer le nom des bateaux, la jeune princesse nettoyait de son avant-bras la buée qui maculait la vitre.

— Est-ce que tu peux voir, toi? s'enquit-elle en se tournant vers l'adolescent roux.

Elle resta muette de surprise en découvrant Bobby plongé dans la contemplation d'une toile accrochée au mur de la capitainerie.

Soudain, le brouhaha des voix se tarit et Éolia entendit la monstrueuse sirène d'un pétrolier en approche. Dehors, la pluie tombait si serrée que le gris du ciel se confondait avec celui de la mer.

Prise d'une angoisse subite, la fillette se retourna. Engoncée dans son anorak, elle ressemblait à une mouffette détrempée et frissonnante. L'expression du capitaine du port, un homme solide et barbu qui portait son embonpoint avec la grâce d'un vieux marin, était sombre. Celle de l'inspecteur en chef et du colonel était tendue.

— Tout va bien? demanda-t-elle innocemment en songeant qu'ils ressemblaient tous les trois à de pâles statues de cire.

Mal à l'aise, Monsieur X lui murmura à l'oreille:

— Il n'y a aucun bateau prévu pour le quai numéro six, ce soir.

Éolia n'était pas certaine de comprendre. Alors, l'officier ajouta d'une voix rauque:

— Aucun bateau portant le nom de *Serpent des mers* n'est inscrit sur les registres du port.

Le sang se retira des joues de la princesse. Se pouvait-il que pour une fois, l'Ambassadeur de lumière se soit trompé? Pire encore! Qu'il se soit moqué d'elle? Son menton se mit à trembler.

Les hommes la jugeaient sévèrement. La fillette croyait entendre leurs pensées.

«Comment, se disait sûrement le capitaine du port, on m'a dérangé pour de vulgaires enfantillages!» «Moi, songeait l'inspecteur, j'ai perdu un temps précieux alors que le chef des trafiquants est peut-être en ce moment même en train de passer la frontière!»

Quant au colonel, il n'était pas difficile de deviner sa colère et sa frustration. De quoi avait-il l'air, lui, le chef des services secrets du roi, devant les deux hommes?

Éolia avala durement sa salive et redressa la tête. Ce n'était pas possible. Il devait y avoir une erreur. 5b, Melchisor, le pilleur de rêves: tous les trois existaient bel et bien. De plus, ce qu'elle avait entendu dans la salle de conférence souterraine n'était pas des bêtises.

— Monsieur X, je...

L'officier fit un geste brusque pour l'interrompre.

— Christelle, laissa-t-il tomber sur un ton glacial, nous allons rentrer et laisser travailler l'inspecteur.

Xavier Morano se tourna vers le policier et leva sa main ouverte pour le saluer et, accessoirement, pour s'excuser.

— Un moment, les interrompit soudain Bobby-5b. Capitaine, excusez-moi, mais que représente ce tableau?

Stupéfait, le capitaine se racla la gorge et rétorqua qu'il s'agissait d'une fête donnée jadis dans le port de Dorance.

5b mit son doigt sur un des personnages qui se tenait sur le quai devant l'étrave d'un navire. Éolia suivit son geste... et tout devint clair dans sa tête!

— Mais bien sûr! s'exclama-t-elle en sautillant sur place tant elle était énervée.

— Bien sûr quoi? voulut savoir Monsieur X.

— Les cagoules, expliqua l'adolescent.

La princesse s'adressa directement au capitaine du port.

— Les cagoules que portent les personnages, précisa-t-elle. Certaines sont vertes, d'autres sont rouges.

Le capitaine haussa ses lourdes épaules sans comprendre.

— Et alors?

— Alors, s'enthousiasma la fillette, si je ne me trompe pas, les personnages qui portent des cagoules sont des employés du port.

— Effectivement. Mais seuls ceux qui arborent des cagoules rouges étaient des employés du port. Ces gros capuchons faisaient partie de leur uniforme traditionnel.

— Et ceux qui portent des capuchons verts?

— Ceux-là venaient du port de Ferregy. Ce tableau représente une fête à laquelle participaient les employés des deux ports.

Éolia s'adressa cette fois au colonel.

— Deux ports, spécifia-t-elle malicieusement.

L'officier fronça le nez.

— Vous voulez dire que...

— Dans mes rêves, reprit-elle, les employés que je voyais portaient des capuchons verts. Nous nous trouvions donc, avec 5b, non pas dans le port de Dorance, mais dans celui...

— ... de Ferregy, termina le colonel, éberlué.

— Je me suis tout bêtement trompée de port, s'excusa Éolia.

Le colonel fit volte-face.

— Capitaine, pouvez-vous vérifier avec Ferregy s'ils attendent l'arrivée d'un navire marchand du nom de *Serpent des mers*?

L'homme bedonnant prit un air étonné, mais confirma que la chose était possible. Il pitonna pendant quelques secondes sur son ordinateur. Lorsqu'il obtint sa réponse, il offrit à Éolia son plus charmant sourire.

— La jeune fille a raison.

— Je voyais la mer, dans mon rêve.

— Ferregy se trouve également sur la côte, approuva le colonel.

Il consulta sa montre. Il était dix-sept heures quinze.

— L'arrivée du *Serpent des mers* est prévue pour dix-huit heures. Inspecteur! Il nous reste peu de temps!

11

L'énigme du IVXJ

Retardés par la circulation et quelques accidents mineurs dus aux fortes pluies, ils mirent quarante minutes pour atteindre la ville côtière de Ferregy. Le colonel stationna la Fiat des services secrets à l'écart des bâtiments du port, afin d'éviter de donner l'alarme aux trafiquants. Puis, il prit une arme dans la boîte à gants et s'apprêta à enfermer Éolia et 5b dans l'habitacle.

— Inutile de me faire une grimace, princesse! se défendit Monsieur X au moment où la fillette allait protester. Vous savez que j'ai promis à votre grand-père de ne pas vous exposer au danger.

Bobby semblait approuver silencieusement l'officier par sa mine inquiète. Agacée, Éolia se renfrogna et croisa les bras sur sa poitrine.

La portière claqua. La silhouette du colonel fut happée par les violents paquets de pluie.

— Que compte-t-il faire? demanda l'adolescent en voyant que plusieurs policiers suivaient Monsieur X jusqu'à la capitainerie du port.

Frustrée d'être une fois de plus laissée à l'écart, Éolia s'en prit à son camarade d'infortune.

— Et d'abord, pourquoi signes-tu 5b quand tu clarvades sur Internet?

Désorienté par cette question vraiment hors de propos, Bobby expliqua que son nom de famille était Bombarier.

— Alors trois b plus deux b, ça fait 5b!

Mais, déjà, Éolia ne l'écoutait plus. La voyant s'agiter sur le siège arrière, le rouquin s'étonna:

— Que fais-tu?

— Ils n'arriveront à rien sans moi.

— Quoi?

— Il faut que je sorte d'ici et que je leur prête main-forte.

Éolia pensait à Mélanie, qui continuait à jouer les princesses devant les caméras de télévision, à ses poupées magiques qui l'avaient tant aidée, cette semaine. Elle songeait aussi à Benoit-Melchisor, le chevalier qui, ayant trop abusé des drogues, avait maintenant besoin de soins médicaux.

— Il le faut, répéta-t-elle.

5b ne se trouvait pas avec Bérangère et moi, lors de mon dernier rêve. Il n'a donc pas vu le symbole peint sur la grosse caisse.

Éolia ne savait pas encore quel était le lien entre ce signe, IVXI, et la livraison de drogue attendue par les trafiquants. Mais une chose était sûre : elle ne risquait pas de résoudre ce mystère en restant coincée dans la voiture.

— Je me suis déjà retrouvée dans une situation semblable, laissa-t-elle tomber en se faufilant sur le siège avant[4].

Elle ouvrit la boîte à gants et en tira un carnet d'instructions.

— Je te rappelle que les portières ont été verrouillées électroniquement de l'extérieur et que seul ton ami le colonel possède la clé, la prévint 5b qui ne semblait pas du tout intéressé à sortir sous cet orage diluvien.

— Ils ne trouveront rien sans moi, s'obstina Éolia.

Et elle se mit à feuilleter nerveusement le carnet. Au bout de quelques secondes, elle se glissa de nouveau sur la banquette près de 5b, chercha derrière les sièges et trouva la combinaison numérique.

— Que vas-tu faire ? demanda anxieusement son camarade.

Pour toute réponse, Éolia lui décocha un sourire mystérieux...

---

4. Voir *Les voleurs d'eau*, du même auteur, dans la même collection.

Le colonel ignora la mauvaise humeur du responsable qui les accusait d'envahir son port, et demanda à l'inspecteur en chef de disposer ses hommes de manière qu'ils puissent voir sans être vus.

— Vous songez à une embuscade, si j'ai bien compris ? fit le policier.

Les lèvres serrées, Monsieur X approuva du menton. De l'eau glacée mouillait ses cheveux et ruisselait dans son cou. Le vent, glacial alors que la journée avait si joliment débuté, lui fouettait le dos. Il frissonna autant de froid que d'angoisse.

Par-dessus tout, il regrettait de n'avoir pas emmené ses hommes avec lui. Mais comment aurait-il pu prévoir qu'il aurait besoin de ses agents alors qu'il était escorté par la police !

Il s'en voulait tout de même de ne pas avoir été plus prévoyant. Heureusement, il avait pu retracer la princesse assez rapidement, et personne ne l'avait reconnue. *À part, bien sûr, cette fouine de Dagota! J'espère aussi qu'Éolia réussira à faire promettre au jeune rouquin de tenir sa langue.*

Que devenaient le lieutenant Bovoit et les pourparlers avec la police de Massora concernant l'organisation de la protection du roi et de la reine, lors du championnat de dimanche? Dans sa précipitation, il n'avait pas encore eu le temps de joindre son bras droit au téléphone.

Agenouillé dans une flaque d'eau noire, concentré sur l'étrave du grand bateau en acier qui mouillait devant le quai numéro six, Xavier Morano avait hâte que cette histoire se termine.

Soudain, tandis que les policiers se déployaient en silence et que les ouvriers du port s'activaient sur leurs grues de déchargement, il surprit le coup d'œil que lui lança l'inspecteur.

— Le directeur du port a raison, lui murmura celui-ci. Nous n'avons ni preuve ni mandat de perquisition...

Monsieur X repensa au petit homme vêtu d'un costume à carreaux trop large pour lui. Il se rappela sa colère et son front barré de profondes rides noires. Le fonctionnaire n'avait pas du tout apprécié leur intrusion dans ce qu'il appelait avec arrogance son «domaine privé».

— Je crois qu'il va mettre sa menace à exécution et téléphoner au ministre de la Police, poursuivit l'inspecteur à mi-voix.

«Vous outrepassez vos droits! s'était écrié le directeur. Jamais mon port n'a été l'objet de tels soupçons!»

Le colonel était conscient d'empiéter sur le terrain de la police de Ferregy et de nuire, en quelque sorte, au travail de la section des stupéfiants de la gendarmerie royale. D'un autre côté, l'inspecteur savait que Xavier Morano n'était pas seulement le premier officier de la garde royale. En tant que chef des services secrets du roi – le SSR –, il avait aussi toute la confiance du monarque. Grâce à Morano, une affaire de trafic de cocaïne et d'enfants enlevés avait déjà été élucidée quelques mois plus tôt[5].

---

5. Voir *Le garçon qui n'existait plus*, du même auteur, dans la même collection.

Mais de là à boucler le port de Ferregy sur de simples présomptions...

Le navire de transport Serpent des mers *existe bel et bien,* se disait le colonel au même moment. *Et il accoste aujourd'hui, à dix-huit heures, au quai numéro six.*

Autant de faits ne pouvaient être mis au rang des simples coïncidences. Surtout si l'on considérait qu'ils avaient été trouvés par la princesse Éolia dans ce que l'officier ne pouvait appeler autrement que des rêves prémonitoires.

Voyant que le colonel restait sur son quant-à-soi, l'inspecteur renifla, et ajouta :

— En vous aidant avec mes hommes, je risque ma tête.

Agacé par ce qui ressemblait à de la couardise chez ce policier qui aurait dû au contraire se montrer plus coopératif, le chef des services secrets le considéra avec une pointe de mépris.

— Je prends la responsabilité de cette opération. Si elle tourne mal, je serai le seul fautif.

Il imaginait déjà les gros titres des journaux : « Les services secrets se mêlent de ce qui ne les regarde pas ». « Un proche du roi éclaboussé par un scandale lié au trafic de drogue dans les écoles ».

Ce serait le déshonneur, la cour martiale. Et, finalement, sa démission. Tout ça à cause des rêves d'une gamine. Une gamine royale, mais une gamine tout de même !

Rassuré sur son propre sort, l'inspecteur moucha bruyamment son énorme nez.

— Je me rappellerai vos paroles, colonel.

Trois grues manipulées par des employés du port déchargeaient de concert l'énorme bateau. Déjà, plusieurs dizaines de conteneurs en métal étaient déposés sur le quai.

Devant leur nombre croissant, le colonel eut un accès de panique.

Jamais nous ne pourrons les fouiller tous !

— Que cherchons-nous, exactement ? lui lança l'inspecteur, un rien sarcastique.

— Des capsules roses remplies de substrak.

— Cette nouvelle drogue qui crée une accoutumance en des temps records?

Le colonel essuya l'eau qui coulait sur son front, mais ne pipa mot. Son agent se tenait près d'une des grues. Quoique placés en embuscade sur le pourtour du quai, les autres policiers étaient, hélas, en uniforme. Le colonel serra les mâchoires, car cette erreur tactique serait sans doute suffisante pour éloigner celui qu'Éolia appelait « le pilleur de rêves ».

Ce voleur était bien étrange, songeait le colonel en inspectant le quai. Un chef et un hypocrite qui n'hésitait pas à se déguiser pour masquer son identité. S'il portait un loup sur le visage, ce devait être aussi pour frapper l'imagination de tous ces jeunes qui espéraient sortir de leur misère en revendant, dans la rue et les écoles, les capsules de substrak.

Un instant, le colonel se demanda si cet homme avait lui-même des enfants. Si tel était le cas, comment

pouvait-il vendre ses saletés de bonbons empoisonnés à des innocents?

Pour de l'argent, pour le pouvoir!

Cette constatation l'attrista
davantage.

Pendant ce temps, les conteneurs
continuaient de s'entasser sur le quai.

L'inspecteur lisait à haute voix, sur
un document officiel, la liste des
diverses marchandises contenues
dans les énormes caissons. Des
meubles en pièces détachées venus de
Chine, des jouets, des matériaux de
construction, des boîtes de conserve
d'épinards et de pois chiches.

— Il y a même des best-sellers
imprimés en Extrême-Orient! pérora-
t-il.

Ce simple détail fit prendre
conscience au colonel de l'énormité de
la situation. Le policier avait raison.
Par quel miracle pourrait-il dénicher
de minuscules pilules roses dans un
tel amoncellement de marchandises?

À moins que...

Des éclats de phares de voitures
trouèrent tout à coup la grisaille de
cette fin d'après-midi pluvieuse. La
nuit s'installait et l'eau de pluie

transformait le port en un véritable décor de film fantastique.

Le colonel se dressa d'un bond.

— Qui sont tous ces gens? s'emporta-t-il.

Une voix fluette, mais au ton colérique, s'éleva dans son dos. L'officier ne fut guère surpris de découvrir le directeur du port au costume à carreaux. Les vents étaient si violents que son parapluie menaçait de l'assommer.

— Les journalistes, colonel! cracha méchamment l'homme ridicule.

De plus en plus mal à l'aise, Monsieur X s'imagina à nouveau les gros titres des journaux. Pour couronner le tout, l'orage forcissait et des éclairs déchiraient maintenant le ciel.

Soudain, il y eut un mouvement du côté des caissons empilés. Une main se glissa dans la sienne.

— Votre Altesse, murmura le colonel, à la fois irrité et soulagé. Mais comment?

Méconnaissable sous son vaste capuchon, Éolia lui sourit.

— La combinaison numérique pour ouvrir le siège donnant sur le coffre arrière se trouvait dans le mode d'emploi de la voiture, Monsieur X, minauda-t-elle en guise d'explication.

Le colonel contemplait, ébahie, tous ces conteneurs que les ouvriers déposaient sur le quai.

Alors, la fillette sortit de la poche de son anorak une feuille de papier et un crayon. Elle s'abrita sous la cape de l'officier, et griffonna une sorte de signe.

— IVXJ, lut Xavier Morano, désorienté.

L'inspecteur en chef approcha son gros nez.

— Absurde! laissa-t-il tomber.

Éolia ignora la remarque négative. Jusqu'à présent, jamais l'Ambassadeur de lumière ne lui avait menti. S'adressant à 5b qui l'avait finalement suivie, ainsi qu'au colonel, la fillette leur exposa son idée.

— Dans mon dernier rêve, la drogue se trouvait cachée dans une caisse marquée de ce symbole.

Alors que les policiers avaient du mal à empêcher les paparazzis d'approcher trop près d'eux et que tout ce monde gênait le travail des ouvriers, le colonel eut un accès de découragement.

— Hélas, Votre Altesse, il y a un problème.

Et, s'approchant d'un des caissons de métal, il lui montra un gros chiffre romain, peint sur chacun des côtés.

— Vingt-huit, lut la fillette, abasourdie.

Aussi désolé que l'officier, 5b revint après avoir fait le tour de plusieurs autres conteneurs.

— Trente-six, trente-sept, trente-huit, ânonna-t-il en levant la tête pour lire les numéros des caissons. Il n'y a rien d'autre de peint sur les parois.

La pluie glaçait le corps de la fillette, roulait sur son nez, s'introduisait entre ses paupières.

Une voiture de police, les gyrophares allumés, fit marche arrière et vint se garer près d'eux. Devant, des journalistes sortaient de fourgonnettes aux couleurs des chaînes de télévision, et pointaient vers eux micros et caméras. Bientôt, les hommes de l'inspecteur allaient être débordés.

Dagota est sûrement parmi eux, s'effraya Éolia. *Il va venir et me photographier. Alors, tout le monde saura que je n'étais pas au Grand Hôtel Royal, aujourd'hui!*

Dégoûtée par la tournure que prenaient les événements, elle souhaita que l'Ambassadeur de lumière en personne apparaisse sur le quai, la prenne par la main et lui montre le caisson marqué du symbole qu'elle avait vu dans son dernier rêve.

Car ce caisson *devait* exister quelque part au milieu de tous les autres!

Frissonnante, claquant des dents, elle se répétait que ce n'était pas juste. Le chevalier et tous les autres allaient continuer à consommer de la drogue parce qu'elle ne parvenait pas à mettre la main sur ce stupide conteneur.

La pression imposée par les photographes et les journalistes ne cessait de monter. Ils criaient qu'ils avaient le droit de savoir, ils menaçaient de franchir le barrage de policiers. Le colonel prit Éolia par les épaules.

— Il n'y a plus rien à faire ici, Altesse. Il faut partir.

Le directeur du port souriait sombrement.

— J'ai laissé un message au ministre de la Police! Vous courez au devant de graves ennuis!

Autour d'eux, le ciel était de plus en plus sombre, les flashes des appareils photo, de plus en plus aveuglants. La tête inclinée de manière qu'aucun paparazzi ne puisse percer à jour sa réelle identité, la jeune princesse cherchait, cherchait...

Mouillé par la pluie, le morceau de papier sur lequel elle avait griffonné le mystérieux symbole glissa de sa main pour atterrir dans une flaque d'eau située près de la roue avant du véhicule de police. Elle se pencha pour le ramasser.

Remarquant qu'elle demeurait courbée en deux, l'officier s'impatienta.

— Que se passe-t-il, Altesse?

La fillette se redressa et montra du doigt le rétroviseur de la voiture.

— Regardez...

Le colonel fixa le miroir, sans comprendre où la princesse voulait en venir. Un paparazzi plus enragé que les autres se faufila entre les agents. Éolia reconnut Dagota-pot-de-colle. Le photographe brandit un nouvel appareil et hurla des mots qui se perdirent dans le brouhaha.

Pour une opération discrète, se dit Xavier Morano, *c'est une opération discrète!*

Éolia plaça sa feuille devant le rétroviseur. Le colonel étouffa un juron, car le symbole lui apparaissait inversé.

— LXVI, parvint-il à déchiffrer.

— Exactement! s'écria la fillette.

Tout devint clair pour le colonel.

— Ce qui signifie soixante-six en chiffres romains, annonça-t-il sur le ton triomphant d'un gagnant à la loterie royale.

— Vous croyez, fit l'inspecteur sur un ton hésitant, que...

— Nous allons bien voir!

Le colonel saisit la pince géante que lui tendait un des policiers, et chercha le conteneur numéro soixante-six. Arrivé devant, il força un à un les gros cadenas métalliques.

— Je vous préviens que nous n'avons pas, officiellement, le droit de..., lui répéta le chef.

Le petit directeur au costume ridicule en profita pour ajouter qu'il allait faire une déclaration aux journalistes pour protester contre cette opération policière illégale et scandaleuse.

Mais Monsieur X, une fois encore, ignora sa menace.

Quand le conteneur fut ouvert, Éolia se faufila entre les policiers. Elle contempla les boîtes de plastique transparent empilées à l'intérieur et resta bouche bée.

— Des poupées, des centaines de poupées ! lâcha-t-elle avec dépit.

— Sans doute des commandes de magasins de jouets, conclut le colonel en commençant à déballer une poupée au hasard.

Le cœur battant, il fut déçu de ne rien découvrir de suspect. Il déchira d'autres emballages. Certaines poupées étaient à l'effigie de chanteuses célèbres ; d'autres arboraient les visages de princesses de dessins animés.

Au fil des secondes, l'espoir de l'officier s'amenuisait. Quelques poupées tombèrent sur le sol détrempé. Voyant que l'inspecteur restait immobile, le colonel lui demanda d'éloigner les journalistes qui ne se privaient pas de le photographier.

Dans la pagaille qui suivit, un homme écrasa une poupée, puis une autre. Tout à la fois attristée et fébrile, Éolia les ramassa.

Le colonel semblait aux abois. Déjà, le directeur du port était entouré par plusieurs photographes.

Rien, il n'y a rien, se désolait Xavier Morano.

— Monsieur X?

Mais l'officier, qui déballait toujours furieusement d'autres poupées, était plongé dans ses noirs tourments.

Il va y avoir un scandale. Les services secrets vont être éclaboussés. Le roi aussi...

— Monsieur X! répéta Éolia, un ton plus haut pour dominer la voix du directeur du port qui se plaignait aux journalistes.

Ne pouvant attirer l'attention de son ami, la fillette tendit la main devant son nez.

— C'est ça que vous cherchez?

Le visage battu par la pluie, le colonel prit les bonbons que lui montrait Éolia. Il en porta un à sa bouche, le croqua puis le recracha.

— Substrack! s'émerveilla-t-il en souriant.

Il se tourna vers la fillette.

— Mais où les avez-vous trouvés?

Éolia lui tendit alors une poupée désarticulée par le talon d'un des policiers.

— Dans leur ventre, Monsieur X.

L'officier demanda aussitôt aux policiers d'examiner non pas les emballages, mais les jouets eux-mêmes!

Aussi interloqué que le colonel, le chef inspecteur s'approcha à son tour.

— Chef! déclara Xavier Morano, vous pouvez annoncer à tous ces chercheurs de scandales que vous avez réalisé un beau coup de filet!

À cet instant, un homme solidement maintenu par deux policiers fut amené devant eux.

— Il se cachait près des entrepôts, annonça l'un des agents en uniforme.

Le prisonnier baissait la tête. Le colonel la lui redressa afin de pouvoir le dévisager.

— Il portait ceci sur la figure, ajouta le second agent en exhibant une étoffe de couleur.

— Le masque de diable ! s'exclama la fillette en reconnaissant également la cape qui enveloppait le corps du pilleur de rêves.

Un cri terrible s'éleva tout à coup dans leur dos. 5b, qui s'était jusqu'alors tenu en arrière, avança en titubant. Il s'arrêta devant l'homme à la cape, hoqueta de surprise et balbutia d'une voix déformée par la stupeur et le désespoir :

— Papa ?

12

Le mot d'Éolia

Disons que le très antipathique directeur du port de Ferregy ainsi que tous les journalistes ont eu le bec cloué...

J'ai appris que Dagota-pot-de-colle avait soumis un article à son rédacteur en chef dans lequel il prétendait que la fillette encapuchonnée, présente sur le quai ce jour-là, c'était moi ! Mais puisque tout le monde savait que je me trouvais au même moment avec les champions de golf et mes grands-parents, son article a été rejeté. Dagota n'a eu que son nouvel appareil photo à mordiller de colère !

Officiellement, donc, le bénéfice de cette fameuse saisie de drogue est revenu à l'inspecteur en chef. La bande de trafiquants a été par la suite déman-telée au grand complet. Le procès du pilleur de rêves et de ses complices commencera d'ailleurs très bientôt, m'a assuré le colonel.

Benoit-Melchisor, mon beau chevalier, a été transféré dans une unité de désintoxication. On m'a juré que s'il s'accroche et fait beaucoup d'efforts, il parviendra à se libérer de l'emprise de la drogue.

Mais j'ai vraiment de la peine pour Bobby. Son père était réellement le chef des trafiquants que nous pourchassions dans nos rêves. Je crois par contre que ce choc va le guérir à jamais de l'envie de prendre de la drogue.

Pour récompenser Mélanie d'avoir si bien joué mon rôle, je l'ai invitée à boire un lait au chocolat avec Yuki, sa petite chatonne, dans mon refuge secret sous les toits. Je lui ai aussi offert une boîte de bonbons… roses.

Mais de vrais bonbons, ceux-là.
Des bonbons succulents qui ne
détruisent pas ceux qui les mangent...

Au plaisir de vous revoir bientôt
pour une autre aventure,

Amitiés,
Lia de Nénucie

Table des matières

À qui demander de l'aide
en cas de problème de drogue

Si un de tes amis ou toi-même avez un problème de drogue, la clé, c'est d'en parler.

Tu peux te confier à un parent, à un enseignant ou à un autre adulte en qui tu as confiance. Il ou elle pourra t'écouter et t'aider à trouver des solutions.

Certains organismes existent aussi spécialement pour aider les jeunes en situation difficile à s'en sortir. En voici quelques-uns :

Tel-Jeunes
- Si tu appelles des environs de Montréal : (514) 288-2266
- Si tu appelles d'ailleurs au Québec : 1-800-263-2266

www.teljeunes.com

Jeunesse, J'écoute
- Si tu appelles de n'importe où au Québec : 1-800-668-6868

www.jeunessejecoute.ca

Tel-Aide

- Si tu appelles des environs de Montréal : (514) 935-1101

www.telaide.org

En cas de besoin, n'hésite pas à les appeler ou à leur écrire. Des personnes fiables seront là pour toi, répondront à tes questions et te guideront dans tes démarches pour aller mieux.

Le monde d'Éolia

Illustré par
Christine Dallaire-Dupont

Album de famille

Le prince Frédérik

C'est mon petit frère. Il a sept ans et il m'adore. Il est plutôt timide et sérieux. Quand il sera grand, ce sera lui, le roi. En attendant, il faut que je m'occupe de son éducation, sinon on risque d'avoir de sérieux problèmes!

La princesse Sophie

Maman est née en Hongrie. Toute petite, elle a été obligée de fuir son pays, et sa famille a été recueillie par grand-mère, ici, en Nénucie. C'est là qu'elle a rencontré le jeune prince héritier Henri, mon père. Belle et intelligente, constamment victime des paparazzis, maman ne rêve que d'une chose: devenir reine. Elle prend tellement de temps à s'y préparer qu'elle nous oublie, Frédérik et moi!

Le prince Henri

Héritier du trône, papa est très amoureux de maman. Son seul problème, c'est qu'il ne la comprend pas souvent. Alors pour se consoler, il fait pousser des roses. Mais il a un autre problème : il plaît beaucoup aux femmes. Ce n'est pas sa faute s'il est beau, charmant, et prince. Tant pis s'il bégaie, et que sa grande ambition est de devenir jardinier plutôt que roi !

Le roi
Fernand-Frédérik VI

C'est mon grand-père. Il est au service du peuple. C'est un des seuls rois, en Europe, à avoir encore un trône solide sous ses fesses. La Nénucie est dirigée par un premier ministre, mais grand-père a son mot à dire sur ce qui se passe au pays. Très drôle avec ses uniformes de général et sa barbe bien taillée qui pique, il nous adore, Frédérik et moi.

La reine
Mireille de Vosigny

Grand-mère, c'est une reine très moderne. Elle fait du judo, du parachutisme et de la moto. Pleine d'énergie et de bonnes idées, elle surprend tout le monde en disant les choses comme elle les pense. On parle d'elle tous les jours dans les journaux, mais ça ne l'empêche pas de faire ses courses elle-même et de nous cuisiner des gaufres au miel et des galettes de sésame.

Monsieur X

De son vrai nom, Xavier Morano, c'est le chef des SSR, les services secrets du roi. Il est aussi le colonel de la garde du palais royal. Il est très attaché à ma famille, et surtout à moi. C'est lui qui m'a appris à me moquer des règlements idiots. Quand j'ai des rêves étranges, je lui en parle. Je sais qu'il m'écoute sans me prendre pour une fille gâtée et capricieuse.

Madame Étiquette

C'est un véritable cauchemar ambulant. Elle croit que Dieu a créé l'étiquette et les règlements idiots, et elle agit comme si elle était Dieu. Toujours vêtue d'une robe sévère à collerette blanche, qui doit l'irriter atrocement, elle n'obéit qu'à maman. Elle me soupçonne de tout ce qui arrive de bizarre dans le palais. Souvent, elle a raison. Mais elle ne pourra jamais le prouver !

Monsieur Monocle

Il s'appelle en vérité Gontrand Berorian. Il est fils, petit-fils et arrière-petit-fils de domestiques. D'ailleurs, il est né au palais. C'est lui qui m'a appris comment me diriger dans les passages secrets alors que j'étais encore toute petite. Il m'apporte ma tisane, le soir, et il est toujours là pour m'aider à jouer un tour à Madame Étiquette.

Mélanie Duquesnoy

Mélanie a dix ans, comme moi. C'est ma grande amie secrète. Elle est la fille de la maquilleuse de la famille et vit dans les combles du palais. Les circonstances de notre rencontre sont notre secret. Avec une perruque blonde, des faux cils et un peu de maquillage, Mélanie me ressemble comme une sœur jumelle. Je lui demande parfois d'échanger de rôle avec moi. Ça m'aide beaucoup à mener mes enquêtes !

C'est un ange déguisé en clown. Enfin, c'est ce que je pense. C'est lui qui me contacte, pendant mes rêves, et me demande de l'aider. Ce qui m'entraîne dans des aventures parfois

L'Ambassadeur de lumière

très compliquées. L'Ambassadeur dit être le protecteur de notre pays. Une sorte de gardien qui veille à ce que tout se passe bien. Et, il faut le croire quand il le dit, il a beaucoup de travail !

Jeanne Girondelle

Jeanne, ma première dame de compagnie, est toujours de mon côté. Elle est la seule, avec Mélanie, à connaître tous mes secrets. Enfin, presque! Jeune, vive, étourdie, mais fidèle et discrète, elle est née et a grandi à la campagne. J'aime sa débrouillardise et son sens de l'humour. Son activité préférée est, je crois, de jouer elle aussi des tours pendables à Madame Étiquette.

Ernest Dagota

S'il y a quelqu'un qui m'énerve en ce monde, c'est bien cet arrogant paparazzi qui met son nez dans toutes mes affaires! Ce roi des filous est, m'a-t-on dit, un célibataire endurci qui vit encore chez sa mère. Comme il est toujours là où on l'attend le moins, avec son éternel appareil photo et sa moto, je l'ai surnommé «Dagota-pot-de-colle»!

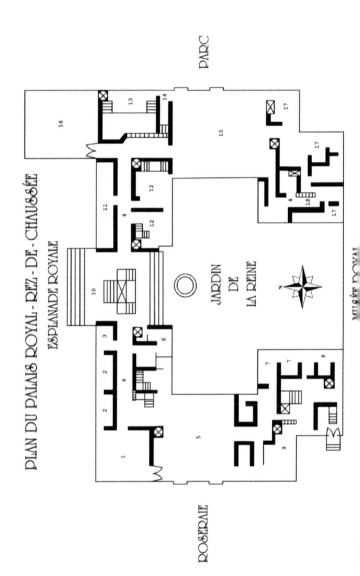

PLAN DU PALAIS ROYAL - REZ - DE - CHAUSSÉE

ESPLANADE ROYALE

PARC

ROSERAIE

JARDIN
DE
LA REINE

220

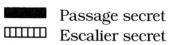

████ Passage secret

⊞⊞⊞⊞ Escalier secret

⊠ Ascenseur secret d'Éolia

⊗ Escalier à vis secret

PLAN DU PALAIS ROYAL - PREMIER ÉTAGE
ESPLANADE ROYALE

PARC

ROSERAIE

JARDIN
DE
LA REINE

MILIEU ROYAL

N

222

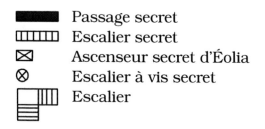

Passage secret
Escalier secret
Ascenseur secret d'Éolia
Escalier à vis secret
Escalier

Royaume de Nénucie

Quelques chiffres

Nom officiel : Royaume de Nénucie
Capitale : Massora
Monnaie : l'euro
Langue officielle : le français
Chef de l'État : le roi Fernand-Frédérik VI
Population : 5 355 000 habitants

Fredrick D'Anterny

C'est l'auteur que j'ai choisi pour écrire le récit de mes aventures. Il est né à Nice, en 1967. Il n'est donc ni trop vieux ni trop jeune. Et Nice, ce n'est pas loin de la Nénucie. Il me fallait quelqu'un de sensible, de drôle mais aussi de sérieux, qui saurait exactement raconter ce qui s'est passé et le dire de façon à ce que ce soit passionnant à lire. Il habite Montréal, au Canada, où il a longtemps travaillé dans le monde du livre. Il écrit beaucoup, entre autres une autre série pour les jeunes (je suis jalouse !) qui s'appelle : Storine, l'orpheline des étoiles. Mais au rythme où je vis mes aventures, je crois qu'il va devoir beaucoup s'occuper de moi !

Pour en apprendre davantage sur Éolia et Storine, visite le site de l'auteur à :

www.fredrickdanterny.com

Aussi parus dans la série

Éolia princesse de lumière

collection Papillon :

Le garçon qui n'existait plus, n° 122

Éolia n'a que trois jours pour sauver
les enfants enlevés en Nénucie…

La forêt invisible, n° 123

Des arbres qui parlent, l'âme d'une
poupée magique retenue en otage,
un ministre impliqué dans
une sale affaire…

Le prince de la musique, n° 124

Éolia n'a que cinq jours pour sauver
la vie du jeune chanteur
le plus populaire de la planète…

Panique au Salon du livre, n° 127

Six jours pour empêcher
un dangereux criminel de semer
la panique au Salon du livre
de Montréal.

Les voleurs d'eau, n° 133

Une course contre la montre
pour empêcher l'eau de Nénucie
de tomber entre les mains
de compagnies malhonnêtes.

La tour enchantée, n° 134

Une femme fantôme,
une exposition de bijoux célèbres.
Éolia résoudra-t-elle le mystère
de la tour du Nord?

*Matin noir dans les passages
secrets*, n° 135

Prisonniers dans les passages secrets,
Éolia et Monsieur X n'ont que
trois heures pour empêcher
des terroristes de faire sauter
le palais royal.

Derniers titres parus dans la
Collection Papillon